Tal Nitzán

Todas as crianças do mundo

Tradução

Eliana Langer

ARS et VITA

Editora Ars et Vita
Ars et Vita Ltda.
Avenida Contorno, 7041/101 | Lourdes | CEP 30110-043
Belo Horizonte - MG - Brasil
www.arsetvita.com

Capa, projeto gráfico e editoração eletrônica: Marcello Kawase
Preparação: Lolita Beretta
Revisão: Luiz Gustavo Carvalho
Foto Autora © Itzik Canetti
1ª edição – 2024

Publicado originalmente por Achuzat Bayit Publishing House, Tel Aviv, Israel (2015)

Dados Internacionais de Catalogação na Publicação (CIP)
(Câmara Brasileira do Livro, SP, Brasil)

Nitzán, Tal

Todas as crianças do mundo / Tal Nitzán ; [tradução Eliana Langer]. -- Belo Horizonte, MG : Ars et Vita, 2024.

Título original: את כל הילדים בעולם
ISBN 978-85-66122-21-3

1. Romance israelense I. Título.

24-200252 CDD-891.73

Índices para catálogo sistemático:
1. Romances : Literatura israelense 892.436
Aline Graziele Benitez - Bibliotecária - CRB-1/3129

Todas as crianças do mundo

O tesouro oculto

Luiz Gustavo Carvalho

Com uma prosa lúcida e afiada, Tal Nitzán reúne em *Todas as crianças do mundo* quatro vidas cuja quietude apenas esconde a tempestade de emoções interiores. As múltiplas narrativas que atravessam o livro trazem à flor das páginas uma cidade e suas almas perdidas, ressaltando um traço inconfundível presente de maneira perene na poesia de uma das mais importantes vozes da literatura hebraica contemporânea: o estreitamento, e muitas vezes a diluição, dos limites entre a vida pública e a vida privada.

Já na sua primeira coletânea de poemas, *Doméstica* (2002), Tal Nitzán escolhe a casa e o cotidiano familiar como pontos centrais na construção de seu universo poético. Refutando tanto o olhar patriarcal quanto manifestações mais rígidas do feminismo, ao invés de virar as costas para o lar e os afazeres domésticos, abraça-os como imagens a partir das quais busca a sua poesia. Enquanto em poemas como *O canário* a poeta "(muda) o computador da varanda para a cozinha / o menino com seu quarto para a varanda / (coloca) a menina no espaço que sobrar", em *Todas as crianças do mundo* observamos os destinos de Eli, Noam, Alex e Sivan convergirem lentamente através de uma cidade em constante transformação. Assim como na floresta hamletiana, a urbanidade selvagem de Tel Aviv contemporânea é testemunha da luta de naturezas frágeis e delicadas pela sobrevivência em uma sociedade regida por princípios masculinos. E se Eli precisa lutar diariamente para "conseguir manter a cabeça fora da água com seu filho nos braços", para o menino Noam e a adolescente Sivan, esta atmosfera brutal representa um perigo que coloca suas vidas em risco.

Como na poesia de Tal Nitzán, as crianças presentes no romance são um símbolo da total falta de proteção diante da constante brutalidade que as/nos ameaça. No poema *Acalanto mutilado*, a autora lamenta não poder ver ou mandar um presente para a pequena Tal Ashraf Abu-Khattab, que habita em Gaza, tão perto geograficamente, mas tão distante existencialmente, pois "se enviar um ursinho para ela, ele afundará feito pedra" devido à guerra ditada por dogmas militaristas. Aqui, Alex se esforça de todas as maneiras para que essa masculinidade tóxica não afete suas crianças e sucumbe às lágrimas quando percebe que não pode salvar todas as crianças do mundo.

De maneira contemplativa, mas vibrante como uma pintura de Cézanne, e, por vezes, visceral como o pontilhismo de Van Gogh, cada frase do livro, cuidadosamente tecida, acrescenta profundidade à questão central do primeiro romance da autora israelense: como podemos superar nossas solidões fundamentais em meio à selvageria da vida urbana e à guerra, distante e próxima?

Nos últimos versos do poema *Tesouro*, ao fim de um cenário de perdas, vislumbramos uma suave luz:

Que mais te direi.

Que és na minha pobreza o tesouro oculto que a mão deles não alcançará.

Que eu seja na tua pobreza o tesouro oculto que o saber deles não alcançará.

E que tesouro será esse? "A delicadeza", revela-nos Eli. A essa delicadeza devemos nos apegar como a uma tábua de salvação. Somente ela nos (des)arma contra a violência e brutalidade que nos cercam.

Este é o bebê, onde está enterrado, onde o deixei
onde esqueci o bebê, sem água ou ar?

Nurit Zarkhi

Mas amar uma criança
por vezes é falhar no amor
enquanto os mortos observam
com sua tristeza abstrata.

William Matthews

Foi através de três névoas e três enganos que Alex viu Eli pela primeira vez.

A névoa quente da onda de calor que pairava há uma semana como a pata pesada de um animal sobre o peito da cidade; as névoas de calor que subiam do subsolo do edifício e se acumulavam debaixo do telhado no terceiro andar, na pequena plataforma entre os dois apartamentos; e a névoa fina, mas a mais enganadora de todas, que descansou nas lentes dos óculos, e por isso ele pensou que estava vendo seu novo vizinho, Eli Dayan, cujo nome aparecera alguns dias atrás na caixa de correio. E, para dizer a verdade, ele o imaginara mais velho e robusto, até um tanto musculoso; em todo caso, mais pesado do que esse rapaz magro de cabelo escovinha, e somente quando o rapaz que estava para entrar no apartamento se dirigiu a ele, ele viu: nem rapaz nem senhor Dayan — uma jovem mulher pálida, de cabelo curto. No mesmo instante ele descobriu também o menino que estava ao lado dela, sua mão segurando o jeans da sua coxa, como fazem as crianças de três ou quatro anos. Alex entendia de jovens, mas crianças pequenas o confundiam.

Portanto, Eli Dayan tinha uma mulher de rosto delicado, mas também um tanto rigoroso, e um menino como uma versão suave e doce de sua mãe, como que desenhado apenas por círculos — cara de lua, olhos castanhos dourados, cabelo claro liso escorrido, exceto por uns fios rebeldes parecendo um chafariz no alto da cabeça — e Alex imaginou os três, Eli, sua mulher e o menino, compactados num apartamento cujo tamanho, e para ser mais preciso, cuja pequenez era igual à de seu apartamento, e ainda teve tempo de pensar, um pouco irritado, que o tal Eli Dayan era o tipo de homem que não se dava ao trabalho de colocar o nome de sua parceira na caixa de correio, antes que ela dissesse: "Olá, sou Eli". E, ao invés de estender-lhe a mão — o inquilino antigo recebe com cordialidade generosa quem acaba de chegar —, ele a olhou e perguntou tolamente: "Eli[1]?"

Uma sombra de cansaço ou impaciência surgiu em seus olhos cinza ao responder: "Elisheva".

—

1. Eli geralmente é um nome masculino em hebraico. (Esta e todas as outras notas desta edição foram redigidas pela tradutora.)

O peso do verão não passou nem mesmo durante o período chamado de outono, como se, para ele, ali estivesse confortável demais para desistir e partir para outro lugar, como contaminado pela letargia das pessoas que respiram lentamente sob seu jugo, revirando-se nas camas à procura de um canto mais frio do lençol, adiando para o inverno tudo o que pode ser adiado, mas, assim como todo ano, duvidando que ele virá. Uma onda de calor diminuiu somente para ceder lugar à próxima, o asfalto borbulhava até de noite, a água já saía quente da torneira, não havia onde se esconder. De olhos ofuscados debaixo do céu mostarda ardente, Eli aprendeu os trajetos do novo lugar, as teias invisíveis que as pessoas tecem em suas idas e vindas até sentirem-se seguras. Pelas manhãs passava pela Rua Weitzman de mãos dadas com Noam e o deixava no jardim de infância, onde então ocorria uma espécie de colônia de férias, atravessava de volta a Rua Weitzman com as mãos vazias e seguia rapidamente para o oeste pelo caminho que privilegiava o passeio à utilidade. A desordem das pequenas ruas, em parte um xadrez, negligenciadas e dilaceradas, e em parte semelhante a uma estrela, fazia com que ela se surpreendesse a cada manhã andando por outro caminho. Nessa hora o calor ainda estava adormecido e os velhos fícus e ciprestes diluíam o som dos carros que já começavam a transitar pela Avenida Ha-Shalom, até o momento em que ela era obrigada a deixar essa proteção e descer ao longo do muro baixo do cemitério pela Rua Aliat Hanoar.

Aqui, na linha divisória, cidade e verão precipitavam-se com toda violência. Uma chama de fuligem, ondas ofuscantes surgiam a cada troca de sinal semafórico, comoção e precipitação. Daqui ela seguia pela Rua Nahalat Yitzhak e, na medida que se aproximava desse reduto de Tel Aviv, em Guivataym, sentia que estava penetrando em um terreno hostil. A rua era uma mistura contrastante e estranha de três entidades que não se integravam. Se você olhasse apenas à direita, poderia pensar que era uma rua trivial, edifícios de moradia cuja alvura não era mais turva do que em qualquer outro lugar, poucas árvores, um centro comunitário letárgico, até mesmo um pequeno charme na velha torre de água.

O lado esquerdo lançava sobre a dignidade do lado direito uma negligência absoluta, escancarada, numa sequência de funilarias, bazares improvisados nos quintais, pequenas lojas desesperadas comprimidas entre estacionamentos, caixas de verduras colocadas na rua sob empoeiradas placas com preços. Cheiro de *shawarma* e nozes, *falafel* frito e combustível. O lado esquerdo era mais exposto ao abuso do verão e seu duro golpe era mais visível, suas cores desbotadas, o estuque rachado, seus edifícios como que cambaleavam sob a insolação.

E no centro, de dentro desta miséria suburbana, destacavam-se as três torres imponentes em sua altura, com seu prestígio pretensioso, cravadas no céu incandescente, como uma terceira forma de existência na mesma rua. As duas primeiras apoiavam-se em um feioso centro comercial e na praça diante da terceira, numa tentativa de produzir alguma beleza no lugar, foram agregadas quatro pequenas piscinas ornamentais e, entre elas, canteiros de plantas. Nos bancos de madeira colocados à frente, Eli jamais vira alguém sentado, a rua não fora feita para a observação e a reflexão, e, como tudo o mais, os bancos ardiam debaixo do sol. Às vezes ela via um corvo grande mergulhando seu bico na água, batendo nela suas asas e balançando a cabeça como se estivesse refutando alguma ideia.

Na direção do cruzamento com a Yigal Alon, a rua parecia querer despejar a carga restante em uma salva de cores. A cada manhã, o olhar não tinha para onde fugir: *Fast Food* em verde forte, uma tela de ferro roxa de uma funilaria, uma parede de azulejos laranja e o cruzamento, que faziam Eli pensar que, mesmo se ela visitasse muitas cidades e procurasse com insistência, nunca encontraria nada tão feio. Ali pairava uma simetria estranha entre dois restaurantes espoliados a leste e, a oeste, duas lojas de eletrodomésticos, uma em amarelo e preto, e a outra em azul e branco, lançando uma na outra um brilho agressivo nas fachadas vedadas. Aqui, Eli costumava virar à esquerda e apertar os passos para vencer aquilo que escalava e se rebelava dentro dela. Posto de gasolina, funilaria laranja, funilaria roxa, funilaria amarela. Os dentes à mostra, olhos fechados e o êxtase derramado sobre o rosto da jovem da foto gigantesca na fachada da loja de música, e novamente à esquerda e dentro do edifício, as plantas de plástico na entrada, o balcão de fórmica do segurança, o "bom dia", o alaranjado descascado da porta do elevador. Terceiro andar, *Harmony* — escritórios da empresa. "E como é — Eli se perguntou — que justamente de dentro desse lixo são lançadas diariamente reportagens sedutoras, brilhantes, que desenham um mundo sem fuligem, plástico e suor?"

Algo grande foi deslocado nesse verão. Sem saber exatamente o porquê, Sivan começou a sentir, algo mudou, se rompeu. Ela pressentiu o golpe antes de saber como e quando o trem sairia dos trilhos. Temia saber, mas também esperava com curiosidade. Esse verão não era pior nem mais opressivo do que os anteriores, estava sendo tão ruim e opressivo como os outros, porém não tinha feito nada nas férias além de uma curta viagem com seus pais a um resort em Anatólia, viagem, aliás, que preferia esquecer. Ela não conseguia parar de pensar que alguma coisa que ainda não sabia o que era seria deslocada. O som estridente faz mais barulho em um quarto vazio.

Seu pai, como uma bola que atinge o solo e torna a pular em seguida, viajou para um congresso na Áustria (ou Suíça, ela já esquecera) no dia seguinte ao que retornaram da Turquia. A cada dois dias ele enviava uma mensagem perguntando como ela estava. Ela, a cada três dias, respondia-lhe que estava tudo bem. Para compensar o tempo perdido, sua mãe voltou a se dedicar arduamente ao trabalho, saindo cedo e voltando ao entardecer, a atmosfera ao seu redor vibrava nervosamente, e, se ela percebeu que Sivan se levantava apenas duas horas antes do seu retorno, não disse nada. As conversas com ela, mesmo que se resumissem ao estritamente necessário, exigiam de Sivan um esforço cada vez maior. Tudo parecia penoso para ela. Os dias se estendiam tão tediosos diante dela a ponto de quase não conseguir levantar-se e adentrá-los. A escova de dentes pesava demais, e depois de escovar os dentes, o quê? A única bênção da viagem era a possibilidade de responder alguma coisa — Turquia —, mas ninguém lhe perguntava o que fizera nas férias. Ela se encontrou duas vezes com Eden na sorveteria da Rua Katsnelson e até chegou a sentir um leve prazer distante — como se lembrasse de algo depois de muito tempo ou como se outra pessoa estivesse se divertindo — naquele tagarelar ingênuo, entusiasmado, mas o sorvete sabor chocolate--morango deixava um sabor meio azedo em sua boca, assim como todas as coisas. Depois de terem se abraçado na despedida, ela não sabia o que fazer em seguida. O mais estranho era que depois do almoço o resto do dia parecia-lhe mais longo do que a manhã. A volta às aulas dali a menos de um mês certamente não a consolou. Ela entendeu ("como uma centenária", pensava) que tudo seguiria do mesmo jeito e, de repente — e isso estava ligado de alguma forma àquela ruptura —, não conseguia querer mais isso.

Isso é o que Eli fica sabendo sobre Alex Kogan, seu vizinho de andar:

A Vespa estacionada lá embaixo pertence a ele, mesmo que, sem dúvida, ele seja grande e pesado demais para um veículo tão compacto. Noam o observa com uma expressão divertida de carinho, como um adulto que observa uma criança numa bicicleta de brinquedo.

Grande e pesado, na verdade, um descendente da raça dos gigantes — como um Gulliver desses cabe num apartamento liliputiano como o deles? —, e na extremidade um rosto com óculos, um maxilar largo pontilhado de escassos pelos claros, cabelos castanhos, bronze-amarelados pelo sol persistente. Apesar de seu tamanho, ele não fica cravado na memória. É um daqueles rostos que teria sido logo esquecido se ela não tivesse topado com ele repetidamente nas escadas.

Ele é antigo no edifício, tendo já presenciado, antes dela, a mudança de dois vizinhos no apartamento da frente.

Eles compartilham a mesma proprietária, Tiferet Auerbukh.

(No andar existe um terceiro apartamento que se encontra vazio e fechado há anos. Apesar de cobiçá-lo, Tiferet Auerbukh não consegue comprá-lo por causa de um desentendimento entre os herdeiros.)

O aluguel, ela não sabe de onde ele tira, pois parece que ele não trabalha. Ao menos não fora de casa ou não nos horários em que a maioria das pessoas costumam trabalhar.

Ele carrega corajosamente sua timidez, assim como uma pessoa aprende a mancar com graciosidade. Quando ele está confuso, ou seja, sempre que está falando, sua mão segura a armação dos óculos, como se eles pretendessem voar de seu nariz.

Por duas vezes ele a ajudou a carregar as sacolas de compras e em seu rosto não havia nenhum sinal da satisfação arrogante que surge na face das pessoas nesses momentos, ele parecia chocado por ela pretender carregá-las sozinha.

Um fato um pouco estranho: ele toca violão, mas se concentra durante toda a semana em uma só música. Ele a coloca na caixa de som e a acompanha ao violão, uma vez após a outra, com dedicação e sem preguiça. De noite, através das paredes, ela consegue ouvir seu empenho, o progresso dia após dia, até que no sábado de noite ele a toca com uma leveza impressionante, sem nenhuma sombra de esforço. E então a abandona e começa uma nova música. Ela não se oporia a uma maior variedade, mas o gosto dele não é mau, com uma leve tendência para a melancolia. Na primeira semana, emergiam das paredes os sons lentos e tristes de *Bronx Lullaby*, de Tom Waits. Depois tocou *Sour Times*, de Portishead. A terceira semana foi dedicada a Nick Drake, *Day is Done*, e ela descobriu que tinha pena de separar-se dela no sábado.

Certa vez o viu de longe, sentado em um banco do jardim público onde ela e Noam costumam ir às vezes, lendo um livro, e no seu colo um gato branco acinzentado. Isso também era estranho. Se ele cria um gato, o que ele faz num jardim público? E se é um gato de rua, como ele fica sossegado assim em seu colo? Ele parecia estar sentado na poltrona da sua sala, mas estava no jardim público.

O que Alex sabe de seus novos vizinhos:

Ela cumprimenta amavelmente, mas jamais sorri de verdade. A sua impaciência, que espreita todo gesto amigável e limita o seu tempo, aparentemente decorre de circunstâncias da vida e, na verdade, não da personalidade. Somente ao menino ela dedica uma paciência sem limite.

O menino, do seu porto seguro permanente, colado ao jeans de sua mãe, lança um olhar, ao que parece, curioso (para isso ele tem que virar sua cabeça para trás) e amigável. Às vezes, acena com a cabeça para ele, como se dissesse "eu te conheço e você é legal". Além do triciclo do menino, eles não possuem veículo.

A beleza dela se esconde ou, mais precisamente, é escondida tanto por seu aspecto de garoto magro e tenaz, quanto pelo fato de o diminutivo Eli ocultar o lindo nome Elisheva, que combina com esses lábios cheios e, sobretudo, com os estranhos olhos cinzas um pouco distantes um do outro.

Principalmente sua nuca perturba a serenidade dele. Claro que o seu cabelo curto não pretende despertar isso, pelo contrário, mas a parte exposta da nuca subverte o descaso com que ela trata e manifesta a sua beleza, como se ela a desconhecesse. Não é possível ignorar essa nuca. Ela provoca uma grande necessidade de proteção e também o impulso contrário, curvar a cabeça e tocá-la com os lábios.

Certa sexta-feira alguém os pegou de carro e os trouxe de volta após algumas horas. De noite, através da veneziana, ele a viu entrar no prédio com o menino adormecido em seus braços, uma face redonda sobre um ombro magro. Apesar do peso, de cima, ela parecia flutuar. "A madona das escadas" — ele pensou, e afastou de imediato esse pensamento. Afastou também o desejo de sair para ajudá-la.

Em uma conversa nas escadas, encheu-se de coragem e ficou sabendo que ela edita uma seção cultural em algum site de *lifestyle* com um nome tolo: *Harmony*, *Melody* ou *Destiny*. Não, como assim *Destiny*? Talvez *Harmony*. Naquela noite, ele procurou o site. A página inicial, em vermelho-rosa-roxo, estava cheia de fotos e links, e ele teve dificuldade em encontrar a seção cultural. Havia um acesso visível para as sete reportagens mais vistas: uma receita de torta de cogumelos em cinco minutos, os segredos dos tratamentos de beleza das estrelas do *reality*, *Rocamboles Rock'n'Roll*, dicas para o uso de lápis delineador, dicas para seu desempenho na cama, uma receita diferente de gaspacho e o retorno ao visual natural. Ele se interessou pelo gaspacho, mas clicou sem querer no último link. Ao invés da sopa de tomate fria, recebeu uma reportagem repleta de fotos de atrizes e modelos que saíram de casa sem maquiagem, esse era o título do artigo, e no final um guia de maquiagem com nove passos para obter aquela aparência natural. Antes de voltar a buscar pela seção cultural, parando no gaspacho, deu uma olhada na frase final: "e assim você alcançará a aparência certa, *cool* e despojada das mulheres bonitas de verdade".

Uma tarde pesada e pegajosa. Sivan jogada na frente da televisão desligada, sem forças para pegar o controle e zapear até finalmente parar numa emissora qualquer, simplesmente porque ficará cansada de zapear. Mas ela também não se atreve a levantar e se afastar do ar condicionado, todas as coisas emitem calor, um calor líquido e denso, e, ainda assim, ela não saberia para onde se afastar. Logo, ela é uma presa fácil. O que ela menos queria lembrar nesse momento surge com odores de cloro e protetor solar: ela e sua mãe em um par de cadeiras de plástico branco na frente da piscina do hotel. Sua mãe digitando velozmente no laptop, em um tic-tac furioso e interminável, ela segurando um livro sem ler nenhuma palavra durante muito tempo. Do seu ângulo de visão, ela enxerga a planta do pé direito da mãe com as unhas pintadas de esmalte rosa e, por alguma razão, o que vê a incomoda, como se houvesse uma proximidade excessiva imposta, como se fosse obrigada a observá-la desnuda. Aparentemente, nada incomoda sua mãe. Ela está de férias. Ou seja, trabalha, trabalha, trabalha.

Sivan tenta colocar o livro de maneira que seu próprio corpo fique escondido, mas quem determina o tamanho dos livros não leva em conta a grossura das coxas de algumas garotas. "Se eu pudesse me separar um pouco desse corpo — ela pensa —, talvez o desculpasse, mas, como ele não me dá trégua, eu não paro de odiá-lo, de pé, andando, deitada, recostada na cadeira ao lado da minha mãe." Ela tenta esquecer o corpo, a mãe, o tic-tac do teclado, o silêncio que se ergue entre elas, transformando-se num rancor contido, e pela terceira vez se obriga a ler: "Por todos os aposentos da datcha moviam-se faxineiros, jardineiros e lacaios, carregando coisas. Armários e cômodas estavam abertos; correram duas vezes até a venda, atrás de barbante; havia papel jornal espalhado pelo chão. Duas arcas, bolsas e mantas enroladas foram levadas até a antessala. Uma carruagem e dois cocheiros estavam no terraço de entrada.[2]" Faxineiros, jardineiros, lacaios e cocheiros desfilam diante de seus olhos até que ela os fecha e larga o livro na lycra preta de seu maiô.

---

2. Excerto do romance *Anna Kariênina*, de Lev Tolstói. Tradução para o português de Irineu Franco Perpétuo. Editora 34, 1ª edição, 2021.

O verão não esmoreceu nem mesmo no primeiro dia de aula. O ar estava laranja ardente, escaldante de maldade, a luz cravejava nos olhos sem dó. Ao sair, encontraram Alex abrindo o cadeado da Vespa e trocaram bom dia. Seu cabelo estava cortado curto, seu rosto barbeado e ele vestia uma camisa listrada. Um pequeno mistério foi resolvido: ele é professor em um secundário aqui na cidade.

— De quê? — Eli perguntou.

— História, cidadania e filosofia — ele respondeu. E por algum motivo acrescentou: — Eu também dou aulas particulares.

— De filosofia? — perguntou ela, com aquele quase sorriso retido nos olhos, como um gato de rua precavido na entrada de uma casa.

— De matemática. — "Vamos lá, fique calado um instante", ele implorou no seu íntimo. — No centro comunitário, aqui na Rua Katsnelson. — Apontou com o queixo como se a tal instituição ficasse ali, entre as colunas da entrada do prédio. O quarto de sorriso dela transformou-se em meio, e ele ajeitou os óculos.

— Eu vou ao jardim de infância da Silvia — Noam acrescentou balançando a cabeça duas vezes, como que reforçando o que ele próprio dissera.

Outros pais, na maioria mães, se demoravam no jardim, para tornar a despedida mais leve. "Suavizar o abandono" — Eli pensou. Sentavam-se nas pequenas cadeiras e liam uma história, ficavam no pátio de mãos dadas com as crianças e apontavam para o escorregador ou para o tanque de areia. Mas Liry, uma menina com cachos negros, sorridente e melindrosa, que Noam conhecera na colônia de férias, pegou na mão dele e o puxou para que montasse nos cubos com ela. Ele quase não teve tempo de dar a face para Eli, que se curvou para beijá-lo e furtivamente acariciar-lhe os cabelos. Ainda assim, quando ela empurrou o portão de ferro e se foi, não conseguiu evitar uma angústia. Sombria e insistente. Silvia tinha uma expressão desgastada e fatigada, mais condizente com o último dia do ano do que com a primeira hora. Na reunião de pais, na semana anterior, ela falava muito "neste caso", "a fim de que", "no tempo em que" e "constituindo", e fazia questão de sorrir a cada aviso e contestação, um sorriso agressivo que logo se apagava sem deixar lembrança.

Abigail, auxiliar da professora, muito jovem, olhos verdes transparentes e cabelo dourado-escuro revolto, com um vestido longo, roxo desbotado e disforme, era uma das mulheres mais lindas que Eli já vira, e teve dificuldade de tirar os olhos dela. Mas ela parecia apática e indiferente, como se tivesse tomado algum sedativo ou tranquilizante. E quem sabe? Talvez tivesse mesmo tomado alguma coisa, uma brecha obrigatória entre ela e o dia inteiro repleto de crianças. E aquelas crianças. Principalmente os meninos. Brutos, inquietos e zombeteiros, confabulando. Lembravam-lhe arame farpado. "Como meu filho é delicado" — ela suspirou e tentou desviar seu pensamento. Uma vez que ela procurou afastar o pensamento do jardim e de Silvia, surgiu, ocupando seu espaço, Smadar Kerem-Adler, a editora do site, a chefe de quem ela se aproximava agora pela Rua Nakhalat Yitzkhak. Smadar Kerem-Adler, que nutria por Eli uma hostilidade contida, porém sólida e permanente. Ela não sabia se era por causa da seção cultural, que recebia sempre o menor número de entradas na *Harmony*, ou se era por algo nela mesma que mexia com seus nervos, mas a editora-chefe não perdia a oportunidade de lembrar-lhe que seu lugar estava por um fio. "Talvez pelas duas coisas — ela pensou. — Não há contradição. Ao contrário, por princípio, somente alguém irritante como eu serve para editar uma seção cultural." Alguém anti Smadar Kerem-Adler, jeans, sandália de dedo e cabelo curto, como a imagem invertida do corte chanel claro, das unhas manicuradas, das saias compradas nas lojas chiques do shopping *Gan Hair. Dis-Harmony.* Às vezes ela sentia que Smadar precisava dela, na verdade, como exemplo vivo daquilo que prejudicava a navegação do site, como símbolo de tudo o que as outras editoras deveriam evitar fazer. Talvez por isso ela tivesse se negado veementemente a permitir que ela trabalhasse de casa, mesmo sem haver necessidade real da sua presença diária no escritório, além da necessidade de chamá-la de vez em quando à sua sala para uma ou outra reprimenda. Mesmo as tarefas e instruções eram, na verdade, reprimendas. Ao final de uma negociação cansativa, ela a autorizara a trabalhar de casa um dia por semana, e Eli sabia que era melhor não voltar a levantar esse assunto. Sem dizer isso diretamente, Smadar deixou bem claro que somente a condição de mãe solteira se impunha entre ela e a demissão, senão, há tempos..., e mesmo essa proteção não convinha que ela colocasse à prova. "Sei muito bem o que significa ser uma mãe trabalhadora, ok? E não é de hoje, no entanto, se alguém resolve ter um filho sozinha..." Certa vez Eli a escutara dizendo isso para Gal, editora da seção de moda, e calando-se quando ela entrou na sala.

E por que ela se tortura pensando em sua chefe ainda antes de pisar na editora, enquanto ainda está na Nakhalat Yitzkhak, como que remando numa substância pegajosa, diferente da onda de calor? Pensar em outra coisa. No vizinho Alex, por exemplo. É preciso organizar novamente sua imagem, com a informação acrescentada nessa manhã. Professor, de todos os empregos possíveis, com aquela voz suave, aquela sofrida timidez. Como ele consegue transmitir história, cidadania e filosofia para aquelas crianças tão afoitas? Como eles consentem em escutá-lo? Talvez o tamanho de seu corpo imponha respeito, a altura e largura a serviço da educação. "Se eu me atrevesse, seria devorada em dois minutos. Afinal — ela pensou ao virar na Rua Yigal Alon —, somos todos animais."

Existem olores que deixam atrás de si um rastro de promessa e esperança. O cheiro de fruta da borracha nova no primeiro dia de aula, que prometia ano após ano juntar e arquivar fatos carregados de importância nos anos anteriores, obrigando-os a dar lugar a uma existência nova que Sivan não sabia definir com clareza, pois nunca havia vivido, mas jamais deixara de esperar por ela, uma promessa que logo se esvaía junto com o cheiro adocicado, e com a mesma rapidez ficava claro que aquelas coisas não iriam a lugar algum, ao contrário, somente confirmavam sua sobrevivência e resistiam mais do que qualquer olor e crença infantil. E, de qualquer forma, agora não havia mais borrachas nem lápis, somente canetas Pilot finas e inodoras, e a certeza de que o mesmo lugar no canto estaria à sua espera, e não era possível saber se a tinham impelido para lá ou se ela mesma nele se alojara, mas, ano após ano, ficava claro: ele era cada vez mais dela, cada vez mais Sivan.

Ele escutou a batida na porta e foi abrir. Sara entrou com seu andar arrogante e indiferente, esbarrando na perna dele ao passar, contornou uma pilha de livros que estava no seu caminho e saltou para o seu lugar de sempre no sofá.

— Você não está com fome? — Alex perguntou. — Você, de repente, sentiu saudades de mim?

Sara estreitou seus olhos verdes na direção dele e, em seguida, o ignorou e começou a se lamber minuciosamente, numa ordem determinada: costas, barriga, pernas e rabo. Por fim, no movimento mais gracioso de todos, lambeu as patas e com elas esfregou a cara. Depois, repetiu tudo mais uma vez.

— Ouça uma coisa — ele lhe disse.

Mexendo no teclado do computador, *Caramel* inundou o ambiente na voz de Suzanne Vega. Ele pegou novamente o violão, que havia largado quando ela chegou, e começou a tocar. Ele havia feito um arranjo para violão do solo de acordeom no meio da música, mas ainda não estava satisfeito. Ele tinha três dias restantes para trabalhar essa música, a vontade de passar para uma nova música ainda não despertara, mas ele já podia adivinhá-la.

Sara, paralisada por um instante, a pata traseira levantada, em seguida voltou a se lamber minuciosamente.

Esta não é uma terra de insinuações, de nuances, de passagens suaves. O verão se retirou de uma vez, sem aviso e sem deixar sinal. O outono durou três minutos e se transformou em inverno. Uma entre muitas ondas de calor terminou em uma névoa, que se adensou, acinzentou e escureceu, e a chuva esquecida esvoaçou por um instante no ar e logo se atirou, raivosa, devido à espera prolongada. O cheiro inebriante de terra molhada inundou o ar, mas a chuva continuou e caiu quase sem descanso durante cinco dias. Três dias depois, uma mancha apareceu no teto da cozinha, e no quarto dia começou a gotejar. De tarde, Eli colocou uma bacia sobre a bancada e, junto com Noam, foi bater na porta de Alex.

— Olá, desculpe — ela disse quando ele abriu —, na sua casa também tem goteira?

Ele apontou com a cabeça para dentro, talvez mostrando a bacia no canto da sala que aparava as gotas do teto, talvez os convidando a entrar. Eli escolheu a primeira possibilidade, mas Noam notou, de repente, a linda gata branco-acinzentada que cochilava no sofá, soltou a coxa da mãe e entrou com simplicidade, como se entrasse em seu próprio quarto. Eli abriu a boca para dizer-lhe alguma coisa e fechou-a em seguida, ao invés disso, dirigiu a Alex um olhar de desculpa, mas ele o ignorou e apenas abriu mais a porta aguardando tranquilamente. Por um instante ela até conseguiu imaginá-lo encarando bravamente a classe. Ele fechou a porta atrás dela e, seguindo Noam, os dois se aproximaram do sofá. Sara levantou a cabeça e olhou para eles com precaução.

— Posso fazer carinho nela? — Noam perguntou.

Eli percebeu que não era com ela que ele falava.

— Claro — disse Alex. — Ela gosta de crianças.

Ele não tinha ideia se Sara gostava de crianças, se é que o verbo gostar podia ser associado a ela relacionado a qualquer grupo da raça humana, e se ele teria uma procuração para, em nome dela, dar esta permissão. Por outro lado, ele sabia bem demais que às vezes ela se arremetia sobre a mão que a acariciava e a mordia fraquinho, de brincadeira, por reflexo descontrolado de gato de rua ou até mesmo por afeição. Por precaução, ele sentou-se ao lado dela e colocou uma mão tranquilizadora no seu pescoço enquanto Noam começou a afagar hesitante seu dorso. Eli sentou do outro lado e Alex não sabia como a gata iria reagir a todo esse pessoal não convidado. "Seja gente uma vez na vida", implorou ele, em seu íntimo. Mas Sara visivelmente não considerava a dupla perigosa de maneira que justificasse escapar do sofá quentinho, e os pequenos carinhos desajeitados do menino na verdade lhe agradavam. Ela voltou a descansar a cabeça em suas patas e fechou os olhos. Eli observou ao redor: um tapete claro, uma cadeira de diretor de couro preto surrado, um velho caixote grande de madeira como mesa de centro e, na frente do sofá, uma grande biblioteca que cobria a maior parte da parede.

— Não sabia que você tinha uma gata — disse ela.

— Qual o nome dela? — perguntou Noam.

— Sara. Na verdade, não é minha — ele explicou. — Ela é do pátio lá de baixo, mas uma vez eu cuidei dela quando estava doente, e agora, quando ela tem vontade, vem aqui comer e dormir. Principalmente quando chove.

— Por que a ponta da orelha dela está cortada? — perguntou Noam.

— Porque ela foi est... — Alex começou, mas Eli lançou um olhar cortante e disse:

— Ela simplesmente é assim. Existem gatas desse tipo.

Noam levantou os olhos âmbar para sua mãe, e Alex se surpreendeu ao descobrir no olhar do menino uma espécie de acordo secreto entre os dois: ela o protegeria de fatos perturbadores, ele não criaria dificuldades e concordaria em acreditar.

Sara começou a ronronar.

— Ela ligou o motor — disse Noam e riu de sua própria piada, e Eli sorriu para ele.

— Como é que vocês estão tão cedo em casa? — perguntou Alex.

— Às terças-feiras, eu pego Noam mais cedo porque trabalho de casa — ela disse. E acrescentou: — Principalmente trabalhos temporários.

Tendo ela cedido uma informação, ele se permitiu perguntar quais.

— Escrita comercial — ela disse entortando levemente os lábios.

As carícias de Noam tornaram-se mais experientes, e Sara, espreguiçando-se, virou-se de lado.

— Isso é um sinal que ela já está disposta a ser sua amiga — disse Alex.

— Certo — disse o menino com orgulho, e Alex conteve o impulso de acariciar a cabeça dele, o chafariz engraçado no topo da cabeça.

— Eu nunca soube o que é isso exatamente — ele disse a ela.

Ela suspirou.

— Eu vendo serviços de escrita que ajudam as pessoas a vender a outras pessoas todo tipo de coisa que a maioria das pessoas não precisa.

Despertou-se nele uma curiosidade muito além do interesse que os bons modos permitem.

— O quê, por exemplo?

— Mentoria, acompanhamento, orientação, mediação, *coaching*, crescimento, *coaching*, acompanhamento ou desenvolvimento por meio da arte, respiração ou mandalas, meditação dirigida, aconselhamento espiritual, aconselhamento energético, consultoria de estilo, curso para atrair o parceiro espiritual...

— Parceiro espiritual?

— Sim. Tipo compatibilidade espiritual.

Ele dedicou uma breve reflexão à informação nova.

— E é difícil encontrar esses empregos?

— Não muito. São eles que me procuram, eu tenho um site. Todos precisam se sustentar, mas acaba que quase ninguém sabe escrever, formular um parágrafo normal.

— Agora eu vou ler uma história — Noam comunicou, afastou-se de Sara, ajoelhou-se no tapete e começou a folhear um livro colorido de Hundertwasser[3]. Alex agradeceu a própria preguiça em devolvê-lo da mesa para a estante.

— E o trabalho em si é difícil?

— Principalmente tedioso. A parte mais difícil foi encontrar um nome aceitável para o meu site, pois todos os nomes já estavam ocupados: *uma palavra boa, a palavra certa, a primeira palavra, a última palavra, mil palavras, abecedário, de A a Z...*

— Então qual nome você escolheu?

— Bom... é bem bobo.

Ele aguardou novamente em silêncio e ela percebeu mais um vislumbre da força reprimida por trás daquela aparência tímida.

— *Soletrar Sucesso.* Um tanto bizarro, mas desperta a curiosidade.

— Eu acho forte.

Nada lhe veio à mente além disso, e sentiu ter esgotado a cota de perguntas permitidas. No silêncio que se instalou era possível escutar claramente o som irritante de uma gota caindo dentro da bacia.

— Quer beber alguma coisa? — ele perguntou, e logo se arrependeu, porque mesmo aos seus ouvidos soou como uma versão delicada para "o tempo de vocês esgotou".

— Não, obrigada, nós já vamos indo. Então... você poderia falar com Auerbukh sobre a goteira?

— Claro. Eu já enviei uma mensagem a ela, mas amanhã ligo novamente e falo que também há goteiras na sua casa.

—

3. Fridensreich Hundertwasser (1928 – 2000), artista austríaco.

— Obrigada. Vem, filhote — ela disse a Noam, e ele soltou o livro sem vontade e lançou um último olhar à gata.

Eles se foram. Alex sentou-se em frente ao computador e procurou *Soletrar Sucesso*. Algo o inquietava. Algo que ainda não conseguira identificar o perturbava e chamava sua atenção. Ele entrou no site dela e sorriu sem vontade. Segundo as formulações — "quem somos e o que oferecemos", "somos especialistas em anúncios e marketing e em edição de textos comerciais", "propaganda e marketing efetivos" —, poderia se pensar que se tratava de uma equipe arrojada de escritores, editores e consultores que disparavam ininterruptamente uma salva de sites burilados e versões campeãs desde um grande *open-space* florescente com vista do alto para a autoestrada Ayalon, e não de uma mulher jovem com cabelo de garoto que digitava rapidamente no interior de um apartamento minúsculo em Guivatayim, cujos sorrisos nunca iam além de seus olhos e que... Ele descobriu o que o inquietava: quando Noam brincou a respeito do motor de Sara, ela sorriu, um sorriso de verdade, com lábios e tudo.

Yoguev Fishman Estratégias é uma empresa de aconselhamento comercial, desenvolvimento organizacional e crescimento administrativo. Nossa empresa tem como objetivo acompanhar e guiar negócios e organizações em processo de crescimento, identificação de necessidades, reforço e reorganização ao encontro do sucesso mensurável e durável em seus alcances, realização potencial e administração efetiva focada em resultados. Desenvolvemos e aplicamos soluções multidisciplinares e metodológicas inovadoras para alcançar alvos de negócios com eficiência simples e de operação amigável.

A equipe da **Yoguev Fishman Estratégias**, escolhida com rigor e contando com especialistas no campo de consultoria, liderança e recursos humanos, coloca à disposição de seus clientes uma experiência eficaz, profissional e prática, e um profundo conhecimento em desenvolvimento organizacional e estratégia comercial.

Entre nossos clientes encontram-se empresas veteranas e estabelecidas, assim como organizações jovens em desenvolvimento nos campos industrial, comercial, financeiro e tecnológico.

Yoguev Fishman Estratégias aspira pela excelência e pelo aperfeiçoamento constante em toda...

Encostada no espaldar da cadeira, Eli fechou os olhos e massageou a testa e as têmporas. Passados alguns minutos, voltou a se endireitar e passou para a outra tela, que já piscava há alguns minutos, para uma conversa que ela interrompera há algumas horas com um rápido "tchau por enquanto".

Olá novamente

Você voltou. Bonito da sua parte (:

Sim... onde estávamos?

Vc queria perguntar alguma coisa

Ah sim, eu queria perguntar
se você tem algum lugar
sem tatuagem no corpo?

Vou deixar que você
descubra sozinha

Ok...

Vc não gosta de tatuagens?

Eu não me importo com isso

Simplesmente você
parece um valentão

Que até dá medo

Eu sei

Mas no sexo eu não sou nem
um pouco valentão

Pelo contrário

Como assim, pelo contrário?

...

?

Eu gosto de ser dominado

Isso é um problema...?

Nenhum problema

Tirando sadomaso

Disso tô fora

Sem sadomaso, nada demais

Tipo você por cima, vc decide

Está bem

Está bem então

☺

Dá pra ver mais uma foto sua?

Ok, um segundo

.....

Doçura!

Belos lábios

Obrigada ☺

Você tem por acaso uma foto de corpo inteiro?

Pode ser também com roupa (:

Não tenho...

Mas eu posso descrever pra você

Joia. Começa pelos seios

Humm

Normais

Ótimo

Eu não me viro bem com anormais (:

☺

Continue...

(Ela puxa a bolsa que está no chão e dela tira o celular.)

Pele clara

Magra

Não sou alta

No geral petite

!!

Que foi?

Você prefere mulheres grandes?

(Ela dá uma olhada no relógio do celular, programa o despertador para a manhã seguinte e sufoca o bocejo, como se ele pudesse vê-la.)

Não não

Sou doido por francesa

Você fala?

Um pouco

Será que dá para você falar comigo?

Digo francês

Durante

Dá sim

Mais preferências?

Hmm

Eu gosto de lamber

Com isso eu também
não tenho problema :)

Mais uma vez bonito da sua parte (:

E principalmente se vc
sentar em mim

Combinado

Pedidos especiais?

Vou deixar que você
mesmo descubra

Com prazer

Só mais uma coisa, por hora

Sim?

Eu posso encontrar só nas
terças ao meio-dia

E na sua casa

Legal

Veremos os seios normais a luz do dia

☺

Então Elinor, vc pode me
dar o seu telefone?

Me dê o seu. Deixe que eu te ligo

Finalmente ela escolheu um jeans escuro, tênis cinza e, depois de três blusas e dois agasalhos rejeitados, um moletom turquesa. Essa era uma das dificuldades irritantes do dia a dia do ano letivo, ainda antes de pôr o pé na escola: a compulsão de se colocar toda manhã diante de sua imagem e se observar. Seu olhar era frio, impiedoso e nada gentil para aquilo que, a seu ver, não merecia gentileza. Da ponta dos pés até seu insubordinado cabelo arruivado, as únicas coisas que não odiava eram suas mãos e dedos, a única parte dela que ganhara um comprimento elegante. Mas isso era muito pouco. Sair munida apenas de um par de mãos que compensasse ou desviasse a atenção de todo o resto imperdoavelmente desajeitado, diante da graça natural das outras e, mais ainda, da impecável beleza loira de sua mãe. Sivan não lhe guardava rancor pela aparência inacreditável, mas descobriu que tinha dificuldade de falar com ela olhando nos olhos, empenhava-se em evitá-los. Às vezes via nos olhos de sua mãe uma surpresa sofrida e batia-lhe uma culpa que ela sabia ser inevitável, ela não poderia explicar que tinha que ignorá-la, não importava o que a mãe fizesse ou dissesse. E isso era uma das raras vantagens das aulas: a possibilidade de murmurar alguma resposta vaga ao sair do quarto, pois tinha pressa para ir à escola.

— A Monstrauerbukh te mandou lembranças — ela disse quando foi devolver a chave do apartamento dele.

O rosto dela expressava raiva ou embaraço, ele ainda não tinha certeza de ter decifrado corretamente. Após Alex ter tentado falar por telefone durante quatro dias e depois de duas recusas, a proprietária finalmente concordou em ir verificar o gotejamento duplo, no entanto, a data da visita coincidiu com as aulas particulares dele. Mesmo não sendo formado em matemática, ou, talvez, justamente por isso, ele desenvolveu um método próprio para diminuir o medo que afastava os alunos da disciplina. Um método bastante parecido àquele com que ele os aproximava de Aristóteles e de Descartes. Ele acreditava que a maioria das pessoas tinha habilidade para matemática assim como para ler e escrever ou andar de bicicleta, apenas o medo as impedia. A maioria de seus alunos estudaram matemática nas classes iniciantes com o método das varetas de plástico que substituíam os números. Eles sabiam que vermelho mais roxo dava verde, mas desconfiavam dos números. Ele os enxergava como deficientes numerais apoiados em muletas de plástico, uma deficiência adquirida, não de nascença, e sua função principal, na sua opinião, consistia em fazer as pazes entre eles e a disciplina e ensiná-los a andar por si. Naquele dia, ele tinha dois alunos que tinham vindo de Yafo e de Neve Sharet até o centro comunitário em Guivatayim, e ele não tinha coragem de cancelar as aulas em cima da hora. Tudo isso ele não explicou a Eli, apenas se desculpou brevemente por não poder ficar em casa e deixou com ela a sua chave reserva. Durante as aulas, de vez em quando, ele pensava que naquele minuto ela estaria, talvez, abrindo a porta, entrando no seu apartamento, andando por lá, e esse pensamento lhe agradava.

— E como foi? — perguntou a ela.

Eles estavam na soleira de seu apartamento, e ele percebeu que, assim como ele, ela também estava só de meias grossas, sem sapatos, e sua chave, presa a um barbante, balançava na mão dela.

— Ela perguntou por que o inquilino anterior, *uma pessoa tão simpática, tão decente*, não reclamou. Eu disse que podia imaginar que era porque ele não tivera goteira. Ela disse que era *interessante, pois ela não vê nem goteira nem fogueira.*

Alex conseguia ouvir a voz estridente de Tiferet Auerbukh.

— Eu disse a ela que talvez seja porque a chuva tenha parado há três dias, mas que da próxima vez eu estaria disposta a guardar a água para ela. No fim, ela disse que isso era um assunto do condomínio e se foi.

— Vou falar com o Beny da comissão de condomínio — disse Alex.

— Beny?

— Do primeiro andar, do meu lado.

— Ah, sim. Ele não é uma pessoa... muito simpática, não?

Ela se lembrou. Um dia ela e Noam entraram no prédio e toparam com ele saindo com um carrinho de feira: um homem careca, amarelado, com ombros estreitos e olhos esbugalhados. Ele resmungou alguma coisa em resposta ao bom dia dela, encarou Noam e disse em voz estrondosa:

— Quantos anos você tem, menino?

Noam abraçou a perna dela com força e recuou um pouco.

— Quatro anos — ela disse.

— E você? Engoliu a língua? — o homem urrou num acesso de tosse.

— Que homem engraçado, não é? — ela falou baixinho para Noam, ao chegarem no terceiro andar, seu porto seguro.

O menino examinou o rosto dela e sorriu assustado.

— Ele não é mesmo muito simpático, não — Alex falou baixinho. — Ficou ainda menos simpático depois que sua mulher morreu, há seis meses, mas é o único que aceita se ocupar dos assuntos do condomínio.

— Ah! Ela morreu de quê?

— Ela teve câncer na garganta, mas morreu de Stolero.

— Stolero?

A expressão de surpresa acentuou a semelhança entre ela e Noam, por um segundo, ela pareceu ser uma menina.

— Doutor Stolero, médico de família. Ele diagnosticou como laringite crônica e receitou-lhe um antibiótico. Ele tem um consultório aqui perto e trabalha com vários seguros de saúde. Ele já matou algumas pessoas dessa rua.

— Ah — ela olhou para ele como quem descobre que errou o caminho e consulta o mapa novamente. — É bom saber. Então... você fala com o Beny?

— Sim, ele vai me mandar de volta para a Auerbukh, eles vão acabar concordando em dividir meio a meio.

— Enquanto isso já me apareceu também uma mancha de umidade no teto do dormitório — Eli disse.

Alex se calou, porque não tinha o que dizer para consolá-la de verdade.

— O mais engraçado é que eu saí do outro apartamento por causa dos vazamentos — "As gotas me perseguem", ela pensou. — E mais um milhão de razões, mas também um gotejamento insano.

Ele sentiu que um milhão de razões eram uma boa razão para cruzar o portal e recuou um passo em direção ao seu apartamento.

— Onde ficava? — perguntou.

— Em Shikun Ezra — ela disse, e sem perceber também deu um passo, indo na direção dele.

— Ah sim, bem simpático, não? Tipo de uma vila rural — o esforço para manter uma conversa leve exigia dele uma concentração incessante.

— Talvez. Na realidade, uma casa pequena com quintal. Mas pequena quer dizer pequena de verdade. Um barraco com teto baixo de zinco seria mais preciso. Da cama dava para estender a mão e quase alcançar a geladeira. Aqui é uma cobertura comparado com aquela casa de boneca, o Beverly Hills de Auerbukh. O quintal era totalmente acimentado, nada de jardim, gramado ou coisa parecida. E o proprietário morava ao lado com cinco filhos descalços e barulhentos, e o pior, tinha um galinheiro no quintal.

— Quanto tempo vocês moraram lá? — ele perguntou e, por precaução, não sugeriu, apenas murmurou rapidamente: — Justo agora estou fazendo um café — e também cuidou para não convidá-la a se sentar.

— Quase dois anos. Até agora eu estranho não acordar todos os dias às três da madrugada com a gritaria das galinhas. Aliás, é uma lenda que elas despertam com o nascer do sol. Mas isso não era o mais difícil.

— Açúcar?

— Uma colher, obrigada.

— Então o quê?

— A creche mais próxima que encontrei para Noam era do outro lado da rodovia Lod, e isso significava atravessar com ele duas vezes ao dia todas aquelas avenidas largas. Mas, principalmente, é difícil imaginar quão violentas podem ser as crianças tão pequenas, quase bebês.

Ela se calou por um instante, ele não perguntou nada. Ficaram ali, segurando suas xícaras de café.

— Mordidas e tudo — ela acrescentou.

Ele recordou por um segundo a mão redondinha de Noam acariciando o pelo de Sara e se arrepiou.

— Dei uma volta pelos jardins de infância de lá para ver onde eu iria matriculá-lo este ano, e não acreditei no que os meus olhos viram. Não se pode dizer que a prefeitura se importe com esses lugares ou que eles estejam no radar dela. Ficou claro que eu precisava tirá-lo e eu ainda não tinha ideia de como sair de lá. O aluguel era baixo e eu não via como pagar um centavo a mais.

— Então como foi que você conseguiu? — perguntou com ansiedade, como se ela ainda morasse lá.

Ela meio que sorriu.

— A escrita comercial nos salvou. Totalmente por acaso. Tenho uma amiga que costura roupas infantis. Coisas incríveis, simplesmente obras de arte, e ela não vendia quase nada, ninguém sabia dela. Ela tentou colocar uma banca na feirinha da Nakhalat Biniamin, mas a burocracia acabou com ela, a prefeitura a maltratou, foi um inferno. Então, quis criar um site, mas não conseguia escrever nada que fosse razoável. Uma garota talentosa, capaz de rapidamente fazer um avental rosa perfeito, com bolsos em formato de coração, mas incapaz de escrever uma frase até o fim. Mesmo a maior parte do site sendo só fotos, alguma coisa deve ser escrita. E ela nem ao menos conseguia pensar em um nome para o seu negócio, simplesmente o chamava pelo nome atrativo de *Ben-David Anat roupas infantis e de bebês*. Então eu escrevi os textos para ela, sugeri o nome *Morangos* e ela começou a vender como louca.

Ela pensou ter contado o suficiente, mas ele a ouvia fascinado, o café esfriando em suas mãos, como se ela estivesse lhe contando um filme de suspense e não as pequenas adversidades da sua vida. Ela, portanto, prosseguiu:

— Ela tinha uma cliente de peso, três filhos e duzentos sobrinhos. Mediadora. Ela tinha um site horroroso, que não entregava o serviço, e pediu que eu formulasse algo novo. Ficou feliz com o resultado e me indicou para mais duas pessoas, depois recebi um monte de trabalho e pude sair de lá.

Ele não reagiu, mas deu para notar que ficou aliviado. Ela se sentiu como nos momentos em que lia para Noam o final feliz de uma história e a tensão do rosto dele se dissipava.

— Quer sentar? — ele se atreveu, já que o tempo ali parados se alongara.

— Não, eu tenho que voar, preciso levar Noam a uma amiga.

Largou a xícara, dirigiu-se à porta e tornou a se virar para ele.

— A chave — disse e lhe entregou.

— Melhor que fique com você — ele disse —, para a próxima vez que minha porta bater e eu ficar preso do lado de fora.

Depois ficou claro que a tempestade brava serviu somente para por fim enxotar o verão, depois, devagar, o outono chegou, piedoso e morno. No final desta estação suave estourou a guerra, como um corpo murcho em convulsão que não serve para mais nada, mas ainda não perdeu sua capacidade de ferir e de destruir. Ela não estourou sozinha. Alguém decidiu, alguém apoiou, alguém executou e alguém se calou. Também lhe deram um nome outonal, com aroma bíblico. Bombas foram atiradas para lá, mísseis foram enviados para cá, e alcançaram o coração do país. Alguns foram mortos aqui, muitas dezenas lá. Noam explicou a Eli que os anjos estavam brincando de guerra com os demônios, ou as bruxas com os anões, aquilo que lhe contaram no jardim, acrescido daquilo que ele mesmo contou para si. Eli apertou os dentes e aguardou que ele terminasse. Na tela do seu computador, no quartinho que dividia com a editora da seção de culinária, ela se obrigava cada manhã a observar as fotos das crianças mortas, suas roupas ensopadas, seus olhos vidrados congelados, os olhos das mães, o sorriso tímido de uma menina de olhos verdes cujo cabelo estava preso em duas chiquinhas e, ao lado, o retrato de seu corpo queimado e alguém debruçado sobre ele. Depois ela encurtava, reformulava e reescrevia anotações sobre a maratona de *stand-up* e sobre o festival de *comics,* inseria neles muitas fotos e sentia que os artigos rebuscados e fraudulentos borrifavam um perfume barato sobre a fetidez dos corpos. Cada sirene despertava nela uma onda de indignação impotente e a necessidade imperativa de correr para o jardim de infância — no fim do dia de trabalho ela realmente corria quase sem parar — e abraçar forte Noam, cujo rosto para ela se misturava com o rosto radiante de bochechas inchadas da menina sorridente da foto. Cada sirene despertava em Sivan uma esperança insana de que um míssil cairia sobre ela. Ela perambulava pelas ruas emocionada, esperando pelo raio ofuscante que acabaria com tudo. Ela bem sabia que não havia chance de isso acontecer, assim como não havia chance de ela acordar no dia seguinte com o coração leve, em um corpo leve, livre da coisa dura e pesada que se apoderara dela desde o verão. Ainda assim, ela imaginava com fervor o encontro com o míssil que iria decidir, executar e terminar com ela de uma vez por todas, sem que ela precisasse mover um dedo. Por duas vezes ela conseguiu ouvir ao longe o som da explosão da intercepção, um foguete se chocando com outro foguete. Em uma delas, viu também uma bola de fumaça branca no céu, parou e a viu se esvair dentro do azul celeste como se mais uma injúria se juntasse às suas outras injúrias. Depois, os telefonemas de sua mãe e de seu pai: "Você está bem, Sivan?" "Sim, tudo bem, tchau." Depois de sete dias terminou. A vida normal regressou e retomou seu lugar em um instante, assim como a água que é arrastada para fora e que teimosamente retorna, ingênua e indiferente. "Até a próxima rodada" — pensou Alex.

Assim como toda quarta-feira, no fim do dia letivo, Amit Danon, a educadora do 2º C do colegial, estacionou o seu Fiat a uma distância de duas, três ruas e caminhou apressadamente contra o vento frio em direção ao prédio. Como sempre, ela não conseguiu se impedir de olhar para cima, apesar de não ver nada através da janela, e também não conseguiu evitar de subir as escadas bem rapidamente, mesmo que depois ela tenha precisado parar na frente da porta para acalmar sua respiração. O momento da entrada foi atrapalhado: abrir caminho, enquanto ele fechava a porta, deixar a bolsa, virar para ele e abraçá-lo. Depois ela deixou que ele tirasse seu casaco e eles trocaram algumas palavras a caminho do quarto, lá ele tirou o resto de suas roupas. Eles eram eficientes dentro do tempo estipulado, mas cuidavam para que a eficiência não fosse tão seca a ponto de ser ofensiva, aprenderam a se comportar com afeição e gratidão. Atrás da veneziana fechada no dormitório, a tarde era clara e fresca, o vento soprava ao redor do prédio e ela se arrepiou quando sua pele tocou os lençóis frios. As carícias dele, que no início se destinavam a aquecê-la, excitaram os dois. Com os olhos fechados, ela acompanhou os lábios dele nos seus ombros, em seus seios e descendo pelo seu ventre, e sentiu a lassidão agradável que se espalhou por todo o corpo, uma vertigem de sangue. Ela era uma mulher grande e cheia, e já nas primeiras vezes uma amizade natural uniu os corpos dele e dela. Depois de mais de um ano, os dois já eram hábeis a caminho do prazer e, às vezes, como naquele dia, ela precisava até retardar o gozo, refreá-lo um pouco, antes de se entregar e o mesmo tremor tomar conta de ambos, aproximando-os ainda mais e relaxando-os. Depois permaneceu por mais alguns minutos dentro da doçura, seu rosto na depressão do pescoço dele como em um esconderijo, até que a dupla respiração ofegante se acalmasse. A luz da rua enfraqueceu um pouco, anunciando que a escuridão invernal precoce prevaleceria dali a duas horas, e ela voltou a escutar os sons do mundo no exterior da cápsula obscura, o barulho da moto, o cachorro latindo teimosamente, o assobio do vento e tudo o que afastara de si — os dois filhos, o dia de aula com todos os dissabores, as demais obrigações cotidianas — voltou a invadi-la. Também o fato de ela no momento se recusar a reconhecer que um dia teria que abrir mão daquilo, colocar o segredo em uma caixa e fechá-la. Ela ofereceu-lhe seus lábios e eles se beijaram longamente. Depois, mais um breve beijo, um aceno de despedida, vestiu-se na mesma velocidade em que foi despida e partiu.

Após alguns minutos, Alex ouviu a batida na porta e o curto miado, parecido com um pio. "Como é que ela sempre sabe não vir quando Amit está comigo?" — pensou. Ele se desconectou sem vontade do calor e do perfume suave, rastros de Amit em sua cama, se vestiu e abriu a porta. Sara entrou com seu andar arrogante, rabo erguido, roçou a perna dele e tornou a roçar, como se confirmasse sua propriedade. Depois curvou as costas e ele debruçou-se para acariciá-la, se perguntando se ela achava que ele também era um tipo de gato grande.

Daqui a alguns dias seu pai voltará, cheio de saudades, como depois de cada viagem, e vai querer que os três vão ao restaurante de costume em Neve Tsedek, ou talvez a um lugar novo sobre o qual ele leu a respeito quando ainda estava no exterior. Mas ela, que até pouco tempo atrás se juntava a esses passeios a três com prazer, ou ao menos sem pensar muito, de repente, não consegue mais suportar o olhar e o amor deles, como se não só eles não pudessem protegê-la, mas fosse ela quem precisasse protegê-los, para que não soubessem o que acontece com ela agora.

De sapatos na cama, mãos atrás da cabeça, seu olhar vagando pelo quarto que foi todo redecorado no ano passado conforme o gosto dela, como presente de aniversário. Como a novidade rapidamente perde a validade. Ela observa demoradamente um item que na época a alegrou mais do que todos: um manequim de alfaiataria com pé de madeira. Ele está agora escondido debaixo de uma pilha de roupas rejeitadas nas últimas manhãs. É um dia agradável, o vento cantarola na cortina transparente, e ao lado dela se encontra o seu pecado secreto, um livro aberto. Ela deitada de costas e ele deitado de bruços. A certa altura, no início do colegial, após ter sido perfurada por alguns olhares perplexos, ela entendeu que era melhor esconder o prazer que a leitura lhe proporcionava e a própria leitura. Ela não é forte o suficiente para ser diferente. Ela até pensou que, se ela se livrasse desse hábito, eliminando totalmente os livros, a barreira invisível que bloqueava seu caminho para ser como todo mundo desapareceria. Um pequeno sacrifício para uma grande recompensa. No fundo de seu coração, sabia que a culpa não era dos livros e, de todo jeito, ela não conseguia abdicar do consolo que eles lhe proporcionavam, da fuga arrebatadora com que lhe agraciavam, e sempre acabava retornando aos maus hábitos. Quanto mais o dia era deprimente e solitário, maior era seu desejo de se esconder com um livro na cama, render-se a esse abrigo, a esse outro mundo fora do alcance dos insultos diários, de onde lhe era difícil sair e retornar. Foi assim que ela mergulhou neles, às vezes chegava a despertar pela manhã e então, marcada pelas folhas, descobria que havia adormecido com o abajur aceso e a cara enterrada no livro. Como um pecador ela aprendera a esconder as marcas reveladoras e em conversas, mesmo com Eden, evitava usar palavras que conhecia somente dos livros, palavras proibidas de falar.

Agora ela tenta lembrar sem olhar qual livro está ao seu lado, ontem ela o lia e, desde então, ele está à sua espera na cama. Após um instante ela desiste e o levanta: *O castelo de gelo*, de Tarjei Vesaas. Ela lê um trecho, se cansa e o larga, verifica se recorda o que leu. Nada. Tenta de novo, e de novo não se lembra. Bonito! Ela pensa com menosprezo e aborrecida: "Finalmente consegui me tornar estúpida".

Então ela percebe que já faz alguns minutos que está escutando uma voz grosseira, não está claro se de menino ou menina, gritando na rua: "Liron, você é feia", e após meio minuto de novo, insistente como uma buzina de carro, "Liron, você é feia", e de novo, tantas vezes que, apesar da maldade, até parece uma súplica. Quem sabe quanto tempo ficarão gritando, ou se alguma Liron está tapando os ouvidos ou enfiando a cabeça debaixo do travesseiro, ou dando um soco na parede? "Liron — Sivan pensa — não fique aí, pare de ficar aí parada, levante e suma, simplesmente suma."

Sexta à noite, e *Strange Fruit* ainda não estava sendo tocada satisfatoriamente, principalmente o final, faltava apenas mais um dia, mas suas mãos já se cansaram. Ele procurou o seu Saramago, lembrou-se que o deixara no bagageiro da Vespa e desceu para pegá-lo. Pela manhã chovia e o ar estava perfumado pela friagem e pela lantana que havia brotado desordenada no jardim desleixado do prédio. Ele ouviu uma porta de carro batendo e, ao levantar a cabeça do bagageiro, os viu no caminho da entrada. Dessa vez, Noam estava acordado, uma das suas mãos segurava a dela e, debaixo do outro braço, levava um grande livro fino.

— Estávamos naRavi**d** — ele lhe contou sem rodeios, como se continuasse uma conversa ou respondesse a uma pergunta.

— *Ravit*, minha irmã — Eli explicou, na voz dela, uma aspereza desconhecida.

— Nós comemos morangos — disse Noam, e assentiu com a cabeça, como de costume — e recebi um livro de presente.

Ele soltou a mão de Eli e, com as duas mãos, estendeu o livro para ele de cabeça para baixo. Alex esforçou-se para ler na claridade fraca da lâmpada da entrada.

— Léa Goldberg, *Venham nuvens* — disse.

— Certo — confirmou Noam. — E hoje você vai ler para mim, porque minha mãe está com a**m**gina na garganta. — Ele estendeu as mãos, gesticulando um "não tem jeito".

Eli virou rapidamente a cabeça para o menino, fitando-o com surpresa, e imediatamente olhou para Alex embaraçada. Ele a ignorou e disse para o menino:

— Tudo bem.

Noam explicou:

— Primeiro preciso tomar banho, e depois você vem ler para mim.

— Olha, se você não puder — Eli disse, e em seu olhar perturbado havia agora também um lampejo divertido, mas ele lhe mostrou o seu livro.

Depois ficou pensando o que na verdade quis provar com aquilo, que o tempo era dele? Que ele sabia ler e escrever? E disse:

— Não tem nenhum problema.

Então combinaram que ele iria dali a quinze minutos.

Eli abriu a porta para ele, voltou rápido para o banheiro, onde Noam ainda não tinha saído da banheira, e acenou para que ele a acompanhasse. Eles pararam na porta falando baixinho entre as bolhas de sabão que Noam soprava através de um canudo de plástico. Ele ficou sabendo que a irmã dela morava em Ramat Gan com seu parceiro e suas duas filhas mais velhas que Noam. Cerca de uma vez por mês, às sextas-feiras, eles jantavam na casa dela junto com o seu pai e sua mulher, que moravam em Petakh Tikva, e eles — o pai e a mulher — traziam ela e Noam de volta de carro. Esse encontro era necessário para que os frouxos laços familiares fossem mantidos, e pelo jeito todos ficavam felizes que ele acontecesse somente uma vez por mês. Menos Noam e as meninas, que sempre se transformavam num bando feliz de filhotes, um emaranhado que no final precisava ser desmanchado com delicadeza, com a ajuda de presentes de consolação e promessas de futuros encontros. Ele contou a ela que sua mãe também morava em Ramat Gan, no limite de Bnei Brak, e eles se encontravam na casa dele ou na casa dela a cada duas ou três semanas.

Depois Noam acabou com o sabonete líquido do recipiente e a última bolha pairou sobre o espelho e explodiu. Eli disse: "Vem, saia, filhote", e o envolveu com a toalha, levando-o assim para o quarto dele. Alex ficou alguns minutos no curto corredor de teto baixo, preso como um Gulliver, até que Eli o convidou para entrar no quarto enquanto ela foi para a sala. O quarto era uma varanda fechada, aquela que na casa dele servia de escritório. Nele exalava o cheiro de shampoo infantil. Dois desenhos coloridos de paisagem pendiam emoldurados na parede e na porta do armário estavam colados desenhos de Noam em guache. Ele sentou-se com cuidado na pequena cadeira que estava no pequeno tapete ao lado da pequena cama, e Noam, com o cabelo molhado, penteado e de pijama azul com desenho de patinhos, entregou-lhe o livro. Os olhos do menino brilhavam de ansiedade.

— Quem é? — Alex perguntou apontando para a cama.

— Ursinho — disse Noam.

— E esse?

— Coelhinho. — E acrescentou: — Minha mãe deixa somente eles dormirem comigo. Todos os outros bichos dormem ali — e apontou para o caixote de plástico vermelho lotado de bichos de pano e pelúcia no canto do quarto.

— Que sorte a do Ursinho e do Coelhinho — disse Alex. Ele não se lembrava quando é que teria falado com um menino tão pequeno.

— Certo — confirmou Noam e os abraçou, cada um com uma mão.

Ele leu para o menino *Patinhos* e *Vovó sabe tudo*, *Dois bolsos* e *O sonho do elefante*. Temia que o menino perguntasse o que é resfolegar (de raiva, resfolegou / e de repente — despertou![4]). Mas parecia que Noam, fascinado pelas rimas, tinha perdoado as palavras difíceis. Ele ouvia como que hipnotizado. O olhar de Alex se arrastava vez ou outra das folhas para aquele rosto atento como jamais havia visto em sala de aula, uma entrega completa que buscava outra entrega em troca.

— Mais um e chega? — ele sugeriu.

O garoto assentiu e ele leu o *Bebê macaco*, e então os dois concordaram em um derradeiro: *Durma, durma, filho sapeca*.

Depois ficou novamente preso na sala enquanto Eli foi dar boa noite ao filho. Ele não sabia o que deveria fazer agora. Não se atrevia a sentar no sofá coberto por um tecido azul que parecia um sari indiano, para não ser um invasor importuno, mas também não podia sair sem se despedir, seria indelicado. A sala era vazia e beirava a sobriedade, só continha o estritamente necessário: um pequeno sofá, uma mesa baixa, uma mesa de trabalho estreita no canto e, sobre ela, um laptop. Havia somente dois pontos de fartura e colorido: uma caixa de plástico, irmã azul daquela do

—

4. *Venham nuvens* — poemas para crianças, de Léa Goldberg (1911 - 1970).

quarto, cheia de brinquedos, bolas e carrinhos — quando ele entrou ainda estavam espalhados pelo tapete — e a estante, branca e simples, mas abarrotada de livros, sem lugar para mais nada, que ficava bem costas a costas com a estante dele do outro lado da parede. Tinha alguma coisa estranha na sala, como se faltasse uma porta ou janela, mas a razão lhe escapava. Ele tornou a olhar à sua volta. Na parede, havia apenas três fotografias de flores em preto e branco, Mapplethorpe[5] ou algo em estilo semelhante, mas foi um retrato em uma moldura de madeira que estava na estante que atraiu o seu olhar. Uma linda mulher de cabelos escuros e ondulados, sobrancelhas e cílios pretos desenhados com precisão em seu rosto pálido, e um sorriso tranquilo nos olhos. De alguma forma era evidente que não estava viva. Eli parou do lado dele, ele não a percebeu chegar.

— Sua mãe — ele quis perguntar, mas não alcançou um tom questionador.

— Sim. Ela morreu enquanto eu estava servindo o exército.

O que dizer agora?

— Você é bem parecida com ela — ele disse após um breve silêncio. — Noam também.

Ele voltou o olhar do retrato para a sala e então descobriu o que faltava ali.

— Como é que se edita uma seção cultural sem uma televisão em casa? — ele sabia que o quarto, gêmeo ao dele, era pequeno até para um rádio de pilha.

— Ah, não tem problema — ela disse. — O item televisão cresceu tanto que acabou ganhando uma seção só para ele com uma outra editora, fora da minha área, graças a Deus.

— E Noam?

— Ele pode ver *Fantasia*[6] no computador.

---

5. Robert Mapplethorpe (1946 - 1989), fotógrafo estadunidense.

6. Terceiro filme de animação dos Estúdios Disney, realizado em 1940.

Ele teve uma doce lembrança. Quase uma ponta de inveja. Ela percebeu.

— Você sabe de que ano é esse filme?

Ele pensou: "Certamente do final dos anos cinquenta ou começo dos sessenta".

— Mil novecentos e quarenta! — ela disse, na verdade, admirada e sem arrogância. — A maioria das pessoas não tem essa noção.

— A maioria das pessoas não tem noção de quantos dentes têm na boca.

— Trinta e dois?

— Certo — respondeu igual a Noam.

Calaram-se por um instante.

— Como é que você e sua irmã têm nomes tão diferentes?

Ele temeu ter exagerado, como se a leitura da história lhe desse o direito de investigar, mas ela respondeu sem demonstrar nenhuma reserva. De maneira geral, ele percebeu que, apesar dos seus limites conhecidos, impacientes, e da sua amabilidade, ela surpreendentemente respondia às perguntas com facilidade e até de forma detalhada.

— A mim deram o nome de minha avó, Elisheva, mãe da minha mãe.

— Ah — ele juntou coragem —, e do que sua mãe...?

— Meningite — ela disse, e ela mesmo levantou as sobrancelhas como se estivesse surpresa.

— O quê?

— Depois se soube que não foram poucos os casos dessa doença em Israel na época. Uma pequena epidemia.

— E não tem tratamento ou...?

— Tem, mas ela pensou que fosse uma gripe. Ficou em casa e tomou remédio contra dor de cabeça. Na última vez que nos falamos por telefone, me fez prometer que eu iria me vacinar contra gripe a cada ano e que não seria negligente como ela. Ela desligou no meio, disse que não conseguia falar porque a cabeça explodia de dor. No dia seguinte, perdeu a consciência e quando chegou ao hospital era tarde demais.

Alex, parado na frente dela, sentiu sua garganta apertada demais para dizer algo como “sinto muito”. Ela estendeu as mãos como Noam fizera antes, na entrada do prédio, como que se desculpando.

— Então obrigada pela leitura.

Ele se obrigou a reagir.

— De nada. Toda vez que você tiver *amgina,* eu estou pronto para ler Léa Goldberg. “Ou sem angina — pensou enquanto saía —, ou não necessariamente Léa Goldberg”. Mas pela primeira vez ficou satisfeito com suas palavras.

Assim que fechou a porta atrás dele, ela sentou-se no computador e entrou na página inicial do **psiquiatra eletrônico**. Desceu até o mote *("Melhor falarmos de você e não de mim, se for possível falarmos de mim e não de você."* David Avidán[7]) e verificou a agenda do doutor Rubin. Ele tinha um horário vago em vinte minutos, o último daquele dia. Ela reservou e pagou, foi ver se Noam estava dormindo, tirou Coelhinho de cima do seu rosto como fazia todas as noites, arrumou rapidamente a cozinha, e a expectativa mesclada com desafio e com uma leve raiva, que sempre antecedia às conversas com ele, já começava a despertar. Ela preparou um copo de chá e sentou-se novamente à mesa. O ícone do doutor Rubin se iluminou.

Olá Ayala. Vejo que não falamos há duas semanas. Como você está?

Bem. Normal

Não sabia que você atende às sextas à noite

(Por alguns poucos minutos ele observa o rumo que ela escolhe, e prepara-se adequadamente.)

Acontece que muitas pessoas sentem necessidade de falar justamente na sexta-feira. Essa é uma das vantagens da terapia on line.

Eis uma delas

---

7. *Meu psiquiatra eletrônico*, poemário futurista (1975), de David Avidán (1934 - 1995).

Quais são elas para você?

Além das óbvias?

Você se lembra que nada é óbvio.

Você já pensou que há pessoas que não têm duas horas livres, disponíveis para atendimento ou 400 – 500 *shekels* sobrando?

Para mim isso é bem óbvio

Essa resposta, na verdade, me faz pensar em outra coisa.

No quê?

Que numa terapia presencial você teria que ser mais contida.

Ou seja?

Controlar a expressão de sentimentos. Raiva. A possibilidade de despejar em mim.

Me diz, existe alguma coisa que os terapeutas gostam de falar mais do que em si mesmo?

Olha só! Expressões como essas, por exemplo.

(A isso ela não sabia o que responder. Observou a tela e aguardou que ele continuasse.)

Eu estou pensando se você se sente madura para passar para o telefone, talvez até para videoconferência.

Não é o caso de maturidade

Esse meio me serve

Em que sentido?

Sem expressões faciais

Sem entonação de voz

Sem um copo de água e lenço de papel

Apenas conteúdo

Entendo.

....

Eu imagino que hoje você não queira falar apenas sobre a terapia?

Pensei em falar sobre transas

(De novo a pausa que lhe é permitida. Requerida.)

**Eu sinto que você está
meio brava hoje.**

Por quê?

Se não estivesse, você diria "sexo".

Não, não é sexo exatamente

É outra coisa

O que é?

Um tipo de divertimento

Como um jogo

Uma distração

Uma distração do quê?

Eu não posso ser o tempo todo
só uma mãe que trabalha

Então você faz um intervalo

Sim

Encontrei essa semana com um cara novo

Um tipo de brutamontes tatuado

Parecia assustador na foto

Você não teve medo?

Não, senão eu não teria ido

Esses tipos em geral são bem
menos turrões de perto

E como foi?

Até que foi legal

Você não parece muito entusiasmada.

Não mesmo

**Por que na verdade isso não
é sexo exatamente?**

Porque é imitação

Não é de verdade a coisa em si

(Ela percebe que há alguns minutos ouve o violão de Alex através da parede, uma música que ela não reconhece, parece algo de Billie Holiday.)

O que seria a coisa em si?

A coisa em si inclui tudo

Conhecimento, proximidade,
amor, relações

Então por que não optar
pela coisa em si?

Seria demais para mim

Em que sentido?

Acho perigoso

Desde o caso que ainda não
falamos sobre ele?

Sim

Então apenas defina perigoso

Perigoso, pode me matar

Essa fala pode dizer várias coisas

Eu me refiro a perigo de vida

Algo que terminaria em internação

Mas eu ainda não quero falar sobre isso

E esses encontros agora,
não são perigosos?

Não

Esses homens não recebem
de mim nada que possa me
pôr em perigo depois

Como não?

De cara, não é por aí

Nenhum deles pode ser meu tipo

Na verdade, essa frase parece
certa mesmo se tirarmos
a palavra "deles"?

(Ela sorri. Esse Rubin é muito bom.)

Pode ser

Pode-se dizer com cautela que
atualmente você não gosta de homens?

Também sem cautela

O que principalmente você
não gosta neles?

....

Principalmente porque eles são fodidos

E esses seus parceiros provisórios,
são menos fodidos?

Nada disso, não é isso

Eles são fodidos perturbados,
assustados e miseráveis como todos

Mas eu não fico para conhecer
todo esse charme de perto

Não me encontro com ninguém
mais do que duas vezes

**Essa é uma regra muito
intransigente, não?**

Não é muito difícil

Em todo caso eu perco o interesse depois de
uma ou duas vezes

A verdade é que ultimamente está
difícil conseguir motivação até
para um primeiro encontro

Já no chat eu começo a me entediar

Parece que eu já comecei a
esgotar esse esquema

(Na tela aparece uma mensagem: "O encontro será encerrado em cinco minutos".)

Mas você ainda não desistiu disso

Sim, eu te disse, é a única diversão
que eu me permito agora

Quando eu enjoar de todo, aí vamos ver

....

Isso te horroriza?

Você queria me horrorizar?

Ai Deus

Deixa para lá

Tchau

O inverno finalmente expulsou o outono cálido e as últimas ondas de calor com uma salva de fortes tempestades que, apesar de não ameaçarem resistir para sempre, exigiram proteção urgente. No caminho da editora ao jardim de infância, fechada em sua jaqueta de couro, tudo flutuava por cima de sua cabeça: letreiros, caixas de papelão, galhos. Aqui e ali, árvores inteiras caídas, a carcaça de um semáforo deitada, retorcida, na calçada. O vento açoitou seu rosto com jatos molhados, gelados, e virou o seu guarda-chuva pelo avesso tantas vezes, que certamente ela o jogaria no lixo se não precisasse dele, mesmo quebrado, para Noam.

Por sorte a chuva parou ao saírem do portão do jardim de infância. Através das suas luvas de lã, o calor dos dedos dele aquecia seus dedos gelados, longe do alcance das mãos de Smadar Keren-Adler, que hoje estava especialmente irritada. Ela ouvia mais a voz dele do que as suas breves histórias, e não queria que ele parasse de falar, sentindo que agora, nessa tarde escura, o dia começava de verdade.

Quando eles viraram para o passeio da entrada começou um gotejar que se transformou em chuva intensa assim que eles entraram no prédio. Eles pararam na entrada, observaram as cortinas de água e ouviram a torrente.

— Veja que sorte! — Eli disse. — Conseguimos justo a tempo.

Noam balançou a mão, nada impressionado.

— A chuva sempre termina quando eu saio e começa quando eu entro.

— Verdade? Por quê?

Ele olhou para ela como que verificando se ela perguntara à toa ou se não sabia mesmo, e depois, como se a pergunta tivesse perdido importância, voltou a olhar para a chuva. Mas agora despertou-se em Eli uma necessidade urgente de saber a resposta.

— Por que ela não quer te molhar?

— Certo — ele sorriu brevemente.

À noite a cidade foi atacada por uma tempestade de raios e trovões ininterruptos, como se o céu houvesse acumulado um fardo imenso que deveria ser descarregado até o amanhecer. Uma luz branca inundou o apartamento repetidamente e os trovões se tornaram mais fortes até que um deles pareceu estourar no pátio. As janelas vibraram selvagemente por longos minutos e houve uma queda de energia. A pequena lâmpada noturna do quarto de Noam se apagou. Ela se levantou e correu até ele um minuto antes de ouvir o seu choro assustado. Pegou-o no colo enquanto ele abraçou Ursinho, beijou sua face quente, esfregando nela seu nariz gelado e falou baixinho enquanto caminhava em direção à cozinha para acender uma vela. Ouviu-se um novo trovão, ainda mais próximo do que o anterior, e os três tremeram. Essa noite, Ursinho e Noam dormiram na cama dela.

No apartamento em frente, Alex acordou com um trovão, sabendo que não deveria se demorar. Trovões deixavam Sara louca de medo, e, contrário a toda lógica humana, a afugentavam do abrigo da casa para a rua. Tonto, devido à rapidez com que se levantou, tropeçando descalço em direção à porta, diante da qual a gata, como uma flecha acinzentada, já estava uivando baixinho com seu pelo arrepiado e suas orelhas puxadas para trás. Ele abriu a porta e ela se atirou correndo, desaparecendo escada abaixo. Um sopro frio aproveitou o breve instante para se infiltrar e o fez tremer antes que ele conseguisse fechar a porta.

Quase festiva, a manhã surgiu verde e brilhante, como se não houvesse uma continuação natural àquela noite parecida com o fim do mundo. As galochas coloridas dançavam entre as poças, Noam cantarolava uma canção que restara da celebração do Ano Novo, mas na entrada do jardim de infância ele, de repente, abraçou as pernas de Eli e não as soltou, enquanto perguntava para onde ela iria. Ele não disse nada além disso, só repetiu a mesma pergunta com uma teimosia desesperada, como se tentasse ganhar tempo, e ela percebeu que já fazia algumas manhãs que ele se despedia dela sem vontade e seu rosto de lua cheia se entristecia quando se arrastava vagarosamente para dentro do jardim. Sua garganta secou quando ela percebeu que não se tratava de um susto retroativo da noite de tempestade, mas da antecipação de algo que o aguardava hoje naquele lugar.

Ela sente que se não parar com esse jogo irá enlouquecer, mas, apesar da banalidade tola, ou justamente por causa dela, há nele uma força viciante — você começa, e não consegue parar — e, a partir do momento em que as coisas se transformam em sinais, já não podem retornar à sua essência limpa de significado. E assim, cada caminhada, principalmente as idas e vindas da escola, pois suas rotas se resumem mais ou menos a isso, transformou-se em uma contagem meticulosa do bem e do mal, do que existe a favor ou contra. Um semáforo se torna verde justamente quando ela vai atravessar, a água da poça que a roda do carro que passa espirra não a atinge, um rosto que resplandece em um sorriso, mas só vale se for sem arrogância ou desprezo — bom. Mau — para o que era mau havia uma infinidade de expressões. E o jogo se tornou mais complexo, regras secundárias foram adicionadas, limitações, permissões e decisões para o bem ou para o mal. Tantas e tantas coisas boas, ou prenúncios de coisas boas, precisam acontecer durante o seu caminho até a porta de casa ou até a esquina da sua rua para neutralizar o que é mau, que é sempre mais frequente e inequívoco, e demanda uma conclusão. Na maioria das vezes nada acontece, e ela entende que isso também se soma à contagem dos maus.

Uma tarde sombria, como se a chuva que ontem caíra, ao invés de lavar, houvesse sujado. Rosto impassível, mas seus olhos buscam febrilmente e sua mente está tão atenta, que por alguns instantes ela precisa parar e verificar onde está e como prosseguir dali. Mais à frente, na calçada, algumas figuras parecem familiares. Quando ela se aproxima, à luz fraca e sem olhar diretamente, reconhece uma delas, Romy Shapira. Elas eram amigas quando estudaram juntas no primário, mas agora Romy estuda na Telma Yellin[8], e tem uma banda própria, *Romy e as Saporas*, enquanto ela, Sivan, foi há tempos relegada ao departamento dos invisíveis e incontáveis. Ela passa pelas meninas com seu olhar lançado com

8. Escola de elite, voltada para o ensino artístico.

determinação para a frente, para contornar a indecisão vergonhosa de cumprimentar ou não, enquanto elas nem se dão ao trabalho de olhar para ela. Ela tem a impressão de que elas espiam de lado e sussurram alguma coisa, até lhe parece ter ouvido a palavra "baleia" flutuando em sua direção, ou talvez nem mesmo a tenham notado, tão entretidas estavam em seus assuntos excitantes — afinal tanto faz, cada uma dessas possiblidades se soma ao lote crescente de maus, e, portanto, é preciso encontrar agora alguma coisa, por menor que seja, para melhorar um pouco o equilíbrio deste dia. Em sua direção vem uma mulher jovem e magra, de cabelos curtos, com jeans e uma jaqueta de couro marrom, em uma de suas mãos balança um guarda-chuva dobrável, na outra segura um menino pequeno com um casaco almofadado que lhe dá um aspecto arredondado. A mulher, nem boa nem má, mais uma das partes indiferentes à sua existência. Seus olhos passam pelo rosto do menino e ele, ao invés de não a enxergar, vira a cabeça e deposita nela seu olhar cor de mel. Um cobertor bom se estende e debaixo dele um corpo doído e encolhido pode relaxar por um instante, quase se consolar.

Em um dia ensolarado, eles se afastaram das pracinhas já conhecidas, próximas de casa, atravessaram a Avenida Ha-Shalom e foram em uma pracinha que ainda não conheciam. Noam experimentou todos os brinquedos enquanto Eli tentava ler um livro sobre o qual solicitaram que ela escrevesse uma crítica. Um livro de estreia de um ator de televisão que ela conhecia apenas de nome e que, em uma primeira leitura, lhe pareceu menos ruim do que imaginara — podia-se perceber uma árdua edição —, mas, ainda assim, a deixou desanimada e irritada. Quando Eli tentou escapar da tarefa e sugerir um outro livro, pois estava claro que não era uma crítica que esperavam dela e sim um resumo conveniente do conteúdo, além de manifestar a admiração pelos múltiplos talentos do ator que se tornara escritor, Smadar Kerem-Adler nem se deu ao trabalho de repreendê-la, só deixou escapar: "Claro. Quando já surge alguma coisa que pode multiplicar os acessos na sua seção... verdade, por que é que você se daria ao trabalho de escrever?!"

Seu olhar alternava-se de Noam, que se arrastava para dentro do túnel do escorregador, de onde, ela tinha a impressão, ele demoraria muito para sair, para uma frase emperrada na leitura do livro, e então uma leve raiva misturou-se à nova-velha ansiedade que a corroía sem parar. As respostas curtas de Noam às diferentes versões de como foi no jardim de infância, o que fez hoje, com quem brincou, foi legal, nada revelavam, e quando ela conversou com Silvia, ela foi taxativa: "O menino está florescendo no jardim". E acrescentou que muitas crianças viviam um retrocesso uma vez ou outra, e que talvez estivesse ligado a algo que ela, Eli, "transmite a ele". Mas Noam ainda se agarrava a ela pelas manhãs, e o dia todo ela sentia a pressão das mãozinhas. Sentia mesmo quando não a sentia. Novamente fez o caminho da editora para o jardim depois do almoço, quase correndo, como nos dias de guerra, e o aperto na garganta, no peito, não passava até o abraço do encontro.

A praça terminava no campo de futebol do centro comunitário que ficava escondido atrás de uma cerca viva. De lá chegavam o som dos chutes na bola, os golpes da bola na cerca e, principalmente, os gritos e os xingamentos com uma voz infantil extenuante, já rouca, como se ali atrás da cerca estivesse acontecendo uma briga coletiva e não um jogo de futebol, ou como se "filho da puta", "pedaço de veado", "seu pai é árabe" — *xingas*, como dizia Noam — fossem codinomes comuns de passos de futebol. "Masculinidade — pensou —, é isso que eles treinam e é assim que deve soar." Quanto mais ela forçava a imaginação, menos conseguia imaginar Noam se integrando ao sistema, correspondendo às suas demandas, chutando, empurrando e xingando — homem.

E como se estivessem atuando no seu filme particular, para tirar qualquer dúvida, dois rapazes vindos cada qual de um canto e se encontrando no centro da praça em um tipo de ritual preciso: mão batendo em mão, antecedendo o aperto de mãos, depois, ombro batendo em ombro oposto e, no final, um abraço e uma mão que golpeava duas vezes nas costas, uma coreografia cronometrada com uma precisão perfeita. Ela observou fascinada. Conversas e demais interações experientes entre outros sempre lhe causavam uma satisfação inexplicável, assim como assistir a um pingue-pongue bem-sucedido, sem falhas, mas agora ela também pensou imediatamente no rapaz Noam — isso já teve dificuldade de mentalizar —, e de modo algum pôde imaginá-lo executando com sucesso essa dança de saudações. Ele erraria na sincronização, trocaria o abraço pelo tapinha, não golpearia com força suficiente ou estenderia a face num gesto não masculino e imperdoável. Ela sacudiu a cabeça e tornou a abrir o livro, e leu pela quinta ou sexta vez: "Aos trinta anos Aviv Guilboa já realizou a maior parte de seus sonhos, mas, apesar disso, algo estava faltando".

Ao levantar a cabeça, viu Noam sentado no alto do escorregador olhando para baixo. Ele ainda não a havia chamado, mas se via que estava muito assustado, paralisado pela altura em que de repente se encontrava. Ao se levantar e se aproximar para resgatá-lo, sentiu uma onda de raiva e impaciência que a encheu de vergonha, e o apertou num abraço forte antes de colocá-lo de volta no chão.

Ele ainda não estava relaxado e achou que jamais relaxaria. Cada partícula do seu corpo ainda suplicava para ir para casa, mas ele aprendera a agir e sobreviver, e este foi um avanço significativo desde as duas primeiras vezes, quando as festas de início do ano dos professores o atormentavam a ponto de emudecê-lo. Ele segurava um copo com um sorriso congelado, como uma blindagem diante das ferroadas dos olhares, tocava repetidamente nos óculos e, se alguém tentasse puxar conversa, resgatá-lo do canto, sentia que poderia se engasgar de susto. Ele pensou na evolução, que dera justo a ele um corpo tão grande. Talvez a intenção fosse boa. Em determinada época da história humana, quem, senão alguém como ele, precisaria de um tamanho desses para se proteger? Mas o anacronismo era a sua ruína quando tentava, em ocasiões como essas festas, encolher sua presença, deixar que o evento passasse por ele até que fosse possível escapar sem que ninguém o visse — cada centímetro e cada quilo o ameaçavam.

Este ano a festa foi na casa de Micaela, a coordenadora da turma, um amplo apartamento inundado de luz, na frente do Jardim Meir, em Tel Aviv. Ele ficou surpreso ao descobrir, mesmo não estando calmo, longe disso, que, ainda assim, no mar de desconforto existem pequenas ilhas de prazer. Entre os muitos pratos e bandejas que estavam sobre a longa mesa, havia a panela com a sua sopa de abóbora, a qual lhe rendera elogios sinceros, e, desde o segundo ano, passaram a pedir que ele a levasse para todas as festas. O sábado invernal combinava bem com a sopa, e ele via com prazer o nível da panela baixar lentamente. Ele era daquelas pessoas que gostam de alimentar os outros até mais do que de comer ou cozinhar, e não tinha muitas dessas oportunidades. Amit já estava lá quando ele chegou, e, se na escola já aprendera a se esconder, em eventos excepcionais como esses, no entanto, ele ainda não aprendera como fingir. Eles ainda não tinham trocado uma palavra sequer e ele tomava cuidado de não olhar para ela, mas tinha consciência, com uma agradável ansiedade, dos movimentos dela que sempre pareciam indolentes, mesmo estando vigorosa e cheia de energia. Ela estava sentada no sofá e sua voz o alcançava de vez em quando, como uma onda lenta por trás dele.

Inbal, a professora de matemática e biologia, contava-lhe um episódio divertido de uma aula de laboratório daquela semana, osmose e difusão. Ele gostava dela. Ela era morena, pequena e brilhante, e também gostava principalmente dos alunos fracos, apesar de, ao contrário dele, não perder a oportunidade de rir às custas deles diante dos outros professores. Alguém pigarreou atrás dele e ele se virou. Um homem desconhecido, vigoroso, com cabelo curto e aspecto de esportista aposentado. Parecia ser uma pessoa boa ou tranquila, que não se altera com facilidade. Ainda antes de o homem se apresentar ele pressupôs: "Guilad da Amit".

— Muito prazer — conseguiu dizer.

— Ainda não nos conhecemos, eu acho — o homem continuou —, até hoje eu era dispensado de... — e com o seu forte maxilar fez uma espécie de volta por toda a grande sala. — Mas eu ouvi falar de você — Alex gelou — e queria te perguntar uma coisa importante.

Alex apoiou-se na mesa, retesou todos os músculos de seu rosto para adotar apenas uma expressão indagativa.

— Qual é o seu truque? — disse Guilad Danon, e o coração de Alex começou a bater selvagemente. — Essa sopa de abóbora. Maravilhosa. Mas tem um truque. Existe uma possibilidade de você me vender esse segredo?

E Alex voltou a respirar. Ele espiou a panela como se buscasse uma pista e se obrigou a voltar o olhar para Guilad.

— Chili e geleia de pêssego — ele disse. — Ou laranja. Geleia de laranja também é bom.

Na quarta-feira ao meio-dia, sentado à mesa da cozinha, revirava entre os dedos uma caneta, o que não acalmava nem um pouco o nervosismo que o torturava. Ele jamais iniciara uma conversa dessas e agora repetia várias vezes as palavras de desculpa mais gentis possíveis, e, contudo, inequívocas: "Sinto muito, mas..."

Um ano e dois meses atrás, perto do final das grandes férias, ele fora à escola uma noite, a pedido de Amit, para ajudá-la a preparar a classe. No silêncio estranho que pairava no prédio vazio, ele arrastou as mesas e as ordenou conforme a orientação dela, pendurou ao lado do quadro dois mapas, de Israel e do Oriente Médio, tentando febrilmente falar sobre temas que estimulassem alguma conversa, e, apesar de seu esforço, ia de mal a pior, até que Amit se aproximou dele de repente, tirou o martelo da sua mão e o beijou na boca com uma impaciência irritada.

Agora, tendo passado a hora do encontro, mais meia hora se passou, e ele entendeu aliviado — também com tristeza e saudade — que Amit não voltaria mais.

Me diz essa foto é de verdade?

Sim sou eu

Para

Você está me enganando

Não

Sou eu, juro...

Se quiser ligamos a câmera

Eu não tenho

Espera um minuto, vou te mostrar mais umas fotos

Olha aqui sou eu no meu quarto

....

Incrível. Modelo?

Às vezes sou modelo

E estou terminando um curso de barman

Vc não me disse o que faz

Eu trabalho num site

Tipo uma revista

Qual?

Não faz diferença

Na verdade pra mim não faz diferença...

E também não faz diferença se vc se chama Ilona de verdade

Por quê? Eu não pareço Ilona?

Na verdade não

Sério?

Qual nome então?

Parece mais com Dana ou Noa

Bem vou pensar se troco

Mas espera

me diz

O que tá fazendo aqui?

Como assim?

O que você tá procurando aqui?

O mesmo que você...

Eu não sou como você

Vc parece ótima

Se sua foto também for verdadeira ;-)

Para

de verdade

Você podia simplesmente
ir na rua e escolher

Fazer uma fila de moças

Por que você se dá ao
trabalho de entrar aqui?

Justamente por causa disso

Cansei de meninas...

Eu gosto da avantura que tem aqui

***aventura**

Entendi

Diz

você tem mesmo 25 anos?

Por que

não parece?

Na verdade não

Para mim isso não é um problema

eu só quero saber

24

Para ...

Em breve 23

Ok

Pronto estou queimado?

Não

Eu disse que para mim não é problema

Então o que vamos marcar

O que mesmo?

Eu ficaria feliz se vc se encontrasse
comigo e com meu amigo

Ele é incrível

Mais do que eu

Jura

Seu amigo é um Apolo?

O que?

Não importa

Então o que vc acha?

Acho que não

Não me parece uma boa

Então pode ser com uma amiga minha

Ela é cool e muito linda

Topa tudo

Olha eu não estou nessa de triângulo

Vc não sabe o que tá perdendo :-)

Mas sem problema

um a um também serve

Ok então pode ser

O que vc vai fazer hoje?

(Ela tem a impressão de ter ouvido a voz de Noam e, esticando a cabeça, tensa, presta atenção. Silêncio no apartamento. Talvez ele tenha falado enquanto sonhava.)

Hoje eu não estou disponível

Então quando

Logo mais eu te falo ok?

Você não está falando só por falar?

Não

se isso é de verdade eu quero ver

Vc pode mais do que só ver ;-)

Total ☺

Boa noite

Bem... tchau por enquanto

Uma batidinha na porta. Uma vibração. Se nesse momento ele estivesse tocando ao invés de estar corrigindo trabalhos sobre a história da democracia e seus limites, não a teria escutado. Ele se levantou para abrir. No começo, viu Eli de pé diante da porta do apartamento dela, baixou o olhar e só então viu Noam, a cabeça pendendo para trás e os olhos em sua direção.

— Sara está em casa?

— Sim, entre.

Eli estendeu a mão em um rápido cumprimento e voltou ao seu apartamento, deixando a porta aberta. Noam se aproximou do sofá em que Sara sempre se deitava em posição de meio círculo e, para a surpresa de Alex, debruçou-se sobre ela — quase aterrissou dentro da meia-lua peluda —, enterrou o rosto em sua pelagem em um movimento tão adulto e em busca de consolo, que Alex até sentiu sua respiração encurtar. Ele permaneceu ali parado, sem tirar os olhos do menino, que ficou com o rosto escondido na pelagem. A gata não se moveu e por um minuto, dois ou talvez mais, eles foram meninogata. Depois Noam levantou a cabeça, endireitou-se lentamente e foi embora.

Eli serviu o prato de Noam com todos os alimentos separados cuidadosamente, a omelete não tocava nas fatias de tomate, que não se misturavam com os cubos de pepino, que não chegavam perto do montinho de requeijão, e a fatia de pão em um pires, assim nada a molharia, transformando-a em um alimento desperdiçado. Depois, ela foi acender o aquecedor antes do banho. Diante do interruptor ela se estarreceu: a luzinha vermelha estava acesa. Ela sabia muito bem que nesse dia não havia acendido o aquecedor. Buscou na memória e, para seu terror, acabou chegando à conclusão de que havia esquecido de desligá-lo na noite anterior. Depois da sua ducha e do banho dele, e depois de tê-lo enxugado, penteou seu cabelo e escovou seus dentes, depois da última história e daquela lida ainda depois da última, do beijo e da retirada de Coelhinho das vias respiratórias de seu filho, depois de tudo isso, ela voltou a trabalhar e escreveu até que seus olhos arderam de tanto cansaço, e então caiu na cama. Desde a manhã muitas preocupações ocupavam sua cabeça, mas não o aquecedor que ficara ligado mais de vinte e quatro horas. Ela tentou calcular o preço desse esquecimento após o último aumento das tarifas de eletricidade, bem como do que ela teria que abrir mão para compensar isso, e foi tomada por uma grande fraqueza.

Depois do banho e da história, que foram breves nessa noite, não como de costume, ela se atirou furiosamente no trabalho.

Por acaso, o futuro te desperta medo?

Por acaso, você tem dificuldade em alcançar alvos nos âmbitos da carreira, relações íntimas, maternidade e peso?

Por acaso, às vezes sentimentos negativos tomam conta de você e sombreiam sua vida?

Por acaso, padrões negativos de pensamento e de comportamento te paralisam?

Por acaso, você sente que desiste de seus interesses para satisfazer os que te cercam?

O treino emocional possibilitará a você conhecer sua frequência emocional e modificá-la.

Com a orientação da treinadora emocional Guila Nakhmias, você aprenderá a ouvir a si e a suas necessidades autênticas, a conhecer o padrão no qual você funciona, reconhecer as origens da sua força interna e se conectar com elas.

Durante o treino você vivenciará o crescimento e a força, e encontrará em si o potencial de se expressar, concretizar seus anseios e alcançar a plenitude.

Mas, com dificuldade de se concentrar, ela desistiu depois de uma hora, desligou o computador e foi para a cama. Seus joelhos permaneciam gelados, se negando a aquecer debaixo das cobertas, e o olho vermelho incandescente da luz do aquecedor continuava a zombar dela sob suas pálpebras cerradas — *acaso você sente, acaso você desiste, acaso você tem dificuldade, acaso o futuro* —, e ficou muito tempo sem conseguir adormecer. De madrugada, ela sonhou que estava sobre um telhado redondo e plano, cercado por um balaústre gradeado, e abaixo, até o horizonte, só se via o mar. Ao seu lado estava uma menina magra, de uns dez anos, com medo do mar imenso. "Olhe como o mar está calmo — disse-lhe Eli —, não tem nenhuma onda." Assim que ela disse isso, uma pequena onda se formou diante delas, e ela e a menina sorriram. Mas a onda não parou e não quebrou, inchou e cresceu mais e mais, escura e imensa, de crista afiada, como se arrastasse em si todo o mar, cobrindo o céu e escurecendo o mundo. Ela tentou expulsar o pensamento do momento em que tudo aquilo chegaria ao máximo de sua altura e cairia sobre elas. "Rápido, vamos nos afastar da beirada", ela se ouviu dizendo com a voz embargada, e acordou.

O mal-estar não se dissipou pela manhã. Tão frágil é a existência que basta algo tão pequeno, tão absurdo, para desestabilizá-la. Ela lhe parecia, de agora em diante, árida e decisiva, um ranger de dentes contínuo. Trabalhos e mais trabalhos temporários, repulsivos, concessões degradantes, uma luta incessante para proteger Noam e a si própria. A caminho da editora floresceram diante de seus olhos, como pombas que esvoaçam e fogem, combinações de palavras que não fizeram e nem fariam parte de seu mundo, originárias de um mundo paralelo qualquer, em uma língua estrangeira, exótica. *Academia de ginástica. Salão de beleza. Viagem internacional. Clínica particular. Jardim de infância particular. Escola de Artes. Acampamento de ciências.* No futuro, o jato de expressões rejeitadas aumentaria, talvez incluiria também *Beira-mar. Aluguel de apartamento. Momentos de lazer. Horas de sono.*

Somente de tarde, quando Noam a viu na entrada do jardim, correu ao seu encontro envolvendo com seus braços o pescoço dela, encostou a face na dela, ela sentiu a raiva se dissolver e se transformar em tristeza, e a tristeza transbordou e não mais a tocou, mas escorreu e envolveu todas as pessoas infinitamente ingênuas e vulneráveis. Compaixão por cada fragmento de cômodo que se vê da rua, através da persiana, por cada prateleira que desaba por conta dos livros e pastas, pôster do Bob Marley colado negligentemente, roupa secando em varais pequenos dentro do apartamento, um par de pés em chinelos diante do noticiário da tela da televisão, tristeza por todas as moças que praticam inalações e exalações e repetem mantras cada manhã, todas elas na mesma hora, nas ruas insondáveis da cidade, cada uma sozinha dizendo para si mesma, *sou boa assim como sou, gosto de mim, eu mereço ser amada,* por todos os homens que dominam, que são dominados, adeptos de triângulos amorosos, de *bondage* ou fetiche por pés, os que não sabem e nem querem saber quão rapidamente se tornarão idosos de olhar vago, cabeça coberta por um boné grande demais, uma sacola de farmácia nas mãos, acompanhados por uma filipina[9] de cara amarrada. Ela sentiu

9. Em Israel, as cuidadoras são na sua grande maioria de origem filipina, a ponto do termo "filipinas" designar cuidadoras em geral.

tristeza também por Smadar Kerem-Adler, presa na obrigação de odiá-la, forçada a aparar suas asas para cuidar do site, fonte do pão de cada dia de ambas e de outras. Em Noam e no jardim de infância ela não conseguia pensar no momento, era demais para um dia só. No dia seguinte voltaria a se preocupar.

Uma mulher empurrando um carrinho de bebê passou por eles no jardim em que pararam a caminho de casa. De pé no degrau do carrinho, um menino, de costas para a mulher, falava alegremente com o bebê que o olhava enfeitiçado de dentro do carrinho. A mãe, magérrima, com expressão apreensiva, curvada e apressada, não fazia parte da proximidade calorosa que havia entre as duas crianças. Difícil saber se ela empurrava o carrinho ou se nele se apoiava, Eli não conseguiu entender como as duas crianças tinham saído daquela mulher e de onde ela tiraria força para criá-los.

Antes de adormecer, surgiu novamente diante de seus olhos aquela onda negra monstruosa e, para sua surpresa, ela se lembrou que ao acordar de manhã, um minuto antes do céu desabar em sua cabeça, ela desejara se esconder entre os braços de Alex, o vizinho.

— Então, a questão se vale a pena viver essa vida é, segundo Albert Camus, um tema fundamental da filosofia, que precede todas as demais questões. E ele enumera uma série significativa de razões para se estar farto de viver: a vida é difícil, incompreensível e inexplicável; começa e termina não por nossa vontade; não tem sentido; não há nenhum ponto na lida diária que nos é imposta; não há benefício no sofrimento; nela nos sentimos estranhos e nulos. Na vida há submissão, alienação, apatia emocional e uma corrida ininterrupta pela sobrevivência; continuamos nela, principalmente, por hábito; nascemos, morremos e no meio lutamos com muita dificuldade. Todos esses traumas, Camus resume num só termo. Qual termo?

— Absurdo.

— Bonito, Carmel. Absurdo, como a tarefa incessante de Sísifo, empurrar a rocha montanha acima. Qual o sentido, pergunta Camus, de aderir à vida absurda, sem sentido e lógica, com a certeza da morte que espreita no final do caminho? Aliás, qual é o acontecimento histórico que se reflete na melancolia dessa visão de mundo?

Ele aguardou um pouco.

— Alguém lembra em que ano foi publicado *O mito de Sísifo*?

— 1942.

— Sim, Shiri. Então?

— A Segunda Guerra Mundial.

— Correto. De qualquer forma, a resposta que Camus traz a todas essas dúvidas é inequívoca: aderir à vida. Mas o caminho através do qual ele chega a esta resposta é inesperado e não é óbvio. Qual arma ele sugere para o absurdo?

— Absurdo.

— Exatamente. Não tentar reprimir o absurdo ou negá-lo, não se esforçar para detoná-lo e refutá-lo assim como fazem as religiões, por exemplo, apenas adotá-lo, por assim dizer. De forma paradoxal, a maneira de ele se rebelar contra o absurdo é vivê-lo.

Da mesma forma que, segundo Camus, também a certeza e a inevitabilidade da morte, ao invés de esvaziarem o significado da vida, dão sentido a cada minuto desta, a cada ato e a cada escolha nossa dentro dela. Na verdade, *a morte* nos ordena a viver da maneira mais completa, a entregar...

— Tantos argumentos contra a vida e ele soluciona todos assim, num piscar de olhos, continuar vivendo, justamente porque a vida é absurda?

Mesmo que fosse uma pergunta, Alex esperava alguma pergunta que estimulasse as coisas, não previu que ela seria feita com uma voz trêmula de raiva, e certamente não por essa aluna, Sivan, que quase nunca abria a boca, muito menos quando a pergunta não era dirigida a ela. Uma menina fechada, redondinha, sempre escondida entre as carteiras do fundo, há um ou dois anos algumas crianças fizeram *bullying* com ela, chamando-a de baleia e depois dando-lhe o apelido de "Sol vermelho", por causa da cor de seus cabelos. E ela nem era tão gorda que justificasse esses apelidos, se é que se podia justificá-los — simplesmente era uma presa fácil. Na divisão intransigente entre predadores e presas, quisera o destino que ela pertencesse ao último tipo, e ele sabia o quanto os limites eram decisivos. Um dia arrancaram de suas mãos um caderno no qual ela costumava escrever reflexões, talvez também poemas curtos, e Ohad Rozen, um menino baixinho, daqueles que se colocam no papel de comediante da turma, se pôs a lê-los de maneira enfática e gesticulada. Ele e outros foram repreendidos, os pais de dois alunos até foram chamados, e até onde ele sabia, a deixaram em paz e passaram para a próxima vítima. Mas como é que se pode saber essas coisas com certeza?

Se a pergunta tivesse vindo de outro aluno, ele proporia para a classe responder ao desafio, mas, vindo dela, ele temia deixá-la nas mãos deles.

— Veja, a abordagem de Camus é uma abordagem claramente profana, ele não sugere uma solução mágica...

— Então o que é que ele sugere? Vem uma pessoa e diz "cansei dessa vida porque ela é absurda", e então ele responde "não, viva a vida justamente por ela ser absurda"?

Cabeças se voltaram para ela, não menos surpresas do que ele. Alguns risinhos foram ouvidos, não de chacota, mas de apreciação. Alex andou até a frente da sua mesa, apoiou-se nela e cruzou os braços, nesses momentos sua autoridade necessitava do seu tamanho.

— Estou contente com a sua pergunta, Sivan, e estou pensando em algumas coisas. Por exemplo: a vacina da gripe contém o vírus enfraquecido da gripe, você entende o que quero dizer?

Ela o olhou inexpressiva.

— A solução ou cura de verdade tem que incluir alguma coisa da doença, sem ignorá-la — continuou —, e, na verdade, se ele tivesse me aparecido com um abracadabra anti-absurdo, daria para engolir essa. Seria uma ilusão, não um enfrentamento verdadeiro. Há todo tipo de versões de rebelião, e reconhecer esse absurdo não significa submeter-se a ele. Esse reconhecimento possibilita a emancipação, porque nos liberta de esperanças vãs de redenção, de grande sentido, de vida eterna.

Ele sentiu que estava começando a tecer uma rede ainda frouxa ao redor dela, e agora deveria prendê-la.

— Mas você, Sivan, questiona mais do que isso, certo?

Ela não respondeu, e nem mesmo acenou concordando, mas seus olhos estavam fixos nele e, por um instante, ele pensou ter percebido que o brilho de desafio nos olhos dela era, afinal, uma súplica.

— Você diz, ok, nos libertamos da esperança vã, mas o que recebemos em seu lugar? Na verdade, o que você está perguntando é se nesta vida é possível sermos, também, *felizes*, certo? E Camus, na verdade, trata também dessa questão. Vamos voltar um minuto ao mito de...

Aquela não era a primeira vez que o sinal o interrompia no meio de um impulso impetuoso, mas jamais ele desejara amaldiçoar a melodia irritante como naquele instante. Sobraram alguns segundos antes que todos sumissem, ele sempre se perguntava se havia um fenômeno humano ou físico mais rápido e vertiginoso do que o esvaziamento de uma sala de aula ao toque do sinal, e ele elevou a voz sobre o tumulto do levantar e do fluxo para a saída:

— A próxima semana é o último prazo para a entrega dos trabalhos sobre o existencialismo, quem ainda precisa de ajuda me manda uma mensagem — e ao mesmo tempo procurou Sivan com os olhos. Ela já não estava.

— O que é isso, você pode me dizer? — Irena perguntou com desconfiança.

— Prova, não vai te morder — disse Alex.

— Mas de verdade, o que tem aí? Isso não parece com nada que eu conheço.

— Quinoa com lentilhas pretas, cubos de batata doce e oxicoco. Muito saudável, fique sabendo.

— Deus me livre. Mais alguma coisa? O que é isso verde?

— Rúcula — ele riu. — Escuta, eu não ganho nada te envenenando, pois eu sei que você não vai me deixar nem um centavo de herança.

— É essa comida de passarinho que você serve para as visitas? — resmungou e provou cautelosamente.

— Só para visitas importantes — ele disse. — E o que você quer? Quando eu te faço bolo você reclama.

— Ué, claro — disse Irena. — Você quer que sua mãe vire uma vaca?

— Vaca... Mãe, você não é nem a sombra do 'V' de vaca.

"Ela realmente está ótima — pensou com admiração — com o loiro acinzentado de seu cabelo meticulosamente aparado, terninho de saia celeste que ela vestiu especialmente para mim, e principalmente a vivacidade corajosa que brilha sempre nos seus olhos, ainda mais agora, após ouvir esse elogio." Como sua infância teria sido mais leniente e fácil se tivesse sentido orgulho dela então, se tivesse se libertado do peso da vergonha do sotaque dela, da sua alteridade. Se ele não fosse forçado a justificar e a dissimular sempre a ausência do pai que os abandonara antes de ela se mudar com ele para cá. O pai que não deixara em sua memória nada de nada, cuja notícia da morte, passados alguns anos, fora o único presente que dele recebera. Se o pequeno salão de beleza dela não ficasse no meio da casa, como uma armadilha, em um dos dois cômodos do apartamento — ele dormia no quarto e ela na sala, que voltava a ser uma sala arrumada e limpa ainda antes de ele se levantar pela manhã —, não haveria como se esconder dos amigos que iam na sua casa e das clientes que entravam e saíam. "Se as crianças tivessem generosidade suficiente para admirar o heroísmo de suas mães ainda na infância — pensou —, ou ao menos sentissem gratidão, e não vergonha como eu, como se isso fosse imposto pelas leis da natureza."

— Mais um pouco?

— Na verdade, isso até que é gostoso.

— Vou tomar isso por um sim — disse ele, e colocou-lhe mais uma porção bem servida no prato. — Eu te agradeço muito.

Quando ele saiu para acompanhá-la até o taxi, eles encontraram Eli e Noam que pelo jeito voltavam com uma bola do jardim. Com casacos e lenços, suas faces coradas pelo vento frio, pareciam irmãos.

— E você certamente é a nova vizinha de Sacha — exclamou Irena alegremente, e Alex, que fora imediatamente devolvido à sua infância, e por isso queria se enterrar, viu Eli, e não Noam, sorrir pela primeira vez um sorriso completo e divertido.

—Sacha? — ela perguntou.

Mas a mãe dele seguiu adiante e a breve pergunta foi deixada de lado.

— E quem é essa gracinha? — bateu palma com entusiasmo, e sua bolsa bege, que combinava com seus sapatos, balançou.

— Noam — disse Noam bem sério.

— No-am! — exclamou, como se nunca em sua vida tivesse escutado uma palavra mais linda. — E posso perguntar quantos anos você tem, Noam?

— Sim — assentiu o menino.

Os três aguardaram um pouco e Irena caiu na risada, abaixou-se e perguntou:

— Então quantos anos você tem?

Ele estendeu-lhe a mão com o polegar dobrado como uma pequena placa de sinalização — Pare.

— Quatro — sussurrou Irina respeitosamente. — Escute — disse ela levantando-se, — eu não vi uma coisa tão doce e linda desde que esse brutamonte era assim pequeno — e apontou para Alex com a cabeça.

Ele não conseguiu escutar o restante da conversa devido ao embaraço que tomou conta dele, o mesmo embaraço aparentemente enterrado há anos. Quando o táxi enfim chegou, para ele pareceu ser um carro de resgate. Após se despedir da mãe, teve que ficar alguns minutos na rua respirando fundo e devagar o ar frio para se acalmar. Depois pensou que talvez não tivesse sido tão terrível, o rosto de Eli brilhara como até então ele não tinha visto. E seu sorriso foi completo, raro. Decidiu subir e bater na porta. Por que não? Ela abriria e, quem sabe, em seu rosto, restaria, ainda, algum vestígio daquele sorriso. Ele lhe diria que tinha sobrado muita comida, que sua mãe comia como um passarinho, talvez eles quisessem jantar com ele essa noite. Ela perguntaria a Noam se ele queria, ele, entusiasmado, diria que sim, e para enfatizar acenaria, como antes. Então ela diria que tudo bem e que eles levariam a comida de Noam. Noam diria: "Mas Alex, se quiser, também pode preparar para mim." "Certíssimo — ele diria, antes de ela conseguir dizer algo —, o que você gosta de comer?" Depois faria uma omelete com dois ovos e com a ajuda da tampa da panela faria um corte bem redondo, e comporia um sorriso, feito com uma fatia de tomate e um par de olhos com azeitonas pretas sem caroço, por segurança, e uns cachinhos de pepino. Noam ficaria triste por ter que estragar a cara feliz, mas ele prometeria preparar para ele outra no dia seguinte ou no outro, e o menino concordaria e comeria tudo. Talvez até tivesse coragem de provar a quinoa. Depois iria se distrair com Sara, que chegaria justamente na hora certa, e lhe daria de comer com leve apreensão, com prazer, as bordas da omelete. Eles ficariam à mesa e Eli lhe perguntaria sobre sua infância em Kiev, e ele lhe explicaria que sua infância fora bem ali, em Ramat Gan, porque deixara Kiev com dois anos, e ela lhe contaria sobre sua infância sem que ele precisasse perguntar, e ela perguntaria sobre a mãe dele, e ele contaria, por exemplo, sobre o dia em que ela foi cobrar os impostos do condomínio dos condôminos que se recusavam a pagar, em uma das mãos ela tinha um saquinho com os cheques, com a outra mão o arrastava, um menino de sete ou oito anos que tinha medo de ficar sozinho em casa; o último vizinho era Victor, dono do sex shop no andar térreo, e ele entrou com ela pela primeira vez na vitrine vedada, não havia ninguém na loja e ele se viu rodeado de coisas que jamais havia visto, quanto mais imaginado, e sua mãe, sacudindo uma daquelas coisas de plástico na mão gritava: "Victor, cadê você, Victor? Vão te roubar todas as pirocas!"; e Eli teria que sorrir, talvez até desse uma risada.

Ele chegou no terceiro andar e parou diante da porta deles, de onde se ouvia a voz sibilante do menino e a voz dela que respondia baixinho, virou à esquerda e entrou em sua casa.

E novamente aconteceu que a cama se transformou de abrigo em armadilha, e suas partes macias tornaram-se limites intransigentes onde ela se debate de um lado ao outro, batendo a cabeça, os ombros e as costelas, e desperta mais exausta a cada minuto. Quando as fendas do céu começarem a clarear a persiana, ela finalmente adormecerá, como alguém que conseguiu arrombar uma porta trancada, e quando o celular irromper no seu tilintar ritmado, ela terá a sensação de ter dormido dois minutos, tateando, procurará então os chinelos e irá de olhos fechados ao quarto de Noam. Duas ou três noites como essa, entre elas uma noite colapsando no colchão e um adormecer que parece uma perda de consciência logo depois da história e do beijo de boa noite, e no dia seguinte a mesma peleja, em todas as suas etapas, até o raiar do sol. Se você não tomar cuidado, o mundo virará do avesso sem que você perceba, no início a troca do dia pela noite, depois o resto, uma coisa atrás da outra. Aquela voz enfeitiçante, inesquecível, se você não tiver cuidado... Há quanto tempo ela não a escuta? Quando moravam nos dois lados do Ayalon[10], ela no bairro Ezra e Tamara em Jaffa, encontravam-se ora na casa de uma, ora na casa da outra, e, além disso, surpreendentemente, apesar de sua personalidade e de seu jeito definitivamente não maternal, Tamara gostava de ficar com Noam quando Eli precisava sair. "Me isentaram de exercer o papel de tia", dizia. Ela tinha um irmão que vivia com um companheiro, e, graças a Deus, ele era daqueles raros gays que não querem criar filhos, mas ela adorava ocupar o cargo de tia postiça de Noam. Somente após alguns meses de amizade Eli ficou sabendo, para sua surpresa, que Tamara tinha um filho, de vinte anos, estudante de psicologia na universidade de Vancouver, nascido muito prematuro, fruto de um breve casamento.

Desde que Eli se mudou para Guivatayim, houve algumas conversas telefônicas: como vai Noam, meu bombom, você tem que

—

10. Rodovia que, ao longo do rio Ayalon, divide Tel Aviv e Jaffa em leste e oeste.

vir, você não acredita que quarto lindo eu preparei aqui para ele, venha, te ligo no próximo final de semana. E os dias passaram, e a tal visita se enrolou de semana a semana, como um presente que permanece embrulhado.

Elas se conheceram quando Eli foi ao apartamento de Tamara, em Jaffa, para entrevistá-la sobre o lançamento do filme *Descoberta* no cinema. Com a exceção de alguns *flashbacks*, o enredo se concentrava nas duas semanas agitadas que antecediam ao casamento da filha caçula de uma família complicada e maníaca, daquelas famílias mais frequentes no cinema do que na vida real. "Uma família cinematográfica é um bando de malucos, não há outra possibilidade", afirmou Tamara secamente. Ela interpretava a irmã mais velha. Apesar de seu papel secundário — desmancha-prazeres, quebrando regras, contra casamentos —, uma mistura certamente um tanto inesperada, seus minutos eram cativantes e hipnotizantes. "Avassaladores" — pensou Eli, um adjetivo que ela sabia que seria proibida de inserir na reportagem. Aqueles minutos elevavam o filme para além do drama barulhento que reinava na maior parte, expondo a dor e a desesperança escondidas sob tudo. Mesmo que o título se referisse à família e também à situação de sua conta bancária, à medida que a celebração do casamento saía do controle, a maioria dos críticos haviam relacionado o título justamente com a personagem perturbadora interpretada por Tamara Salomons, e Smadar Kerem-Adler, que logo percebeu para que lado sopravam os ventos, aproveitou seus contatos, "parou tudo", uma das expressões que ela gostava, como se dirigisse um trem expresso e não um site monótono de *lifestyle*, e enviou Eli para entrevistá-la.

A entrevista foi catastrófica em termos *harmônicos*. Descobriu-se que o pouco entusiasmo de Eli com o filme era arrebatamento comparado com a opinião de Tamara. Ela o odiou, detestou de verdade, e não se deu ao trabalho de esconder isso. O repúdio refletido em seus olhos nas suas poucas cenas, aquele olhar com que os críticos se confrontavam na sua interpretação pertencia à atriz e não à personagem. Conforme o roteiro original, a personagem seria lésbica, mas logo começaram a ser ouvidos, durante a produção, alertas de difícil digestão: não comercial, risco supérfluo, e o diretor a transformou numa solteirona amarga, castradora, totalmente hétero. *Semcoberta*, como o chamava, era a última gota d'água necessária para a realização do seu plano desde há dois anos: renunciar, finalmente, ao cinema e às séries televisivas, pelas quais nutria um ódio extremamente ardente, e focar em narração e dublagem de filmes de animação. Eli ficou sabendo que era Tamara quem falava com sua voz maravilhosa: "Para ajuda, digite zero ou aguarde" ou "deixe seu número telefônico e em breve retornaremos a sua ligação" na maioria das ligações esgotantes que ela gerenciava quase toda semana com as companhias de água, celular, luz e internet.

Vendo-se fora da indústria, e já prometendo não colocar seus pés em mais nenhuma audição infame até o fim de sua vida, "que continuem, de agora em diante, a *descobertar* sem mim", dizia Tamara. Ela não via nenhuma razão para guardar para si suas opiniões sobre o filme, diretor, seus colegas e suas cenas, as previstas, as tolas, as banais. E assim, depois de duas horas de conversa, Eli descobriu que estava apaixonada, e que não tinha nenhuma resposta decente a ser publicada na entrevista. Seus cabelos se arrepiaram só de pensar no encontro dessas palavras ardentes com Smadar Kerem-Adler, que era, além de tudo, uma boa amiga da relações públicas do filme. Mas Tamara Salomons estava apenas começando. Quando terminou de arrasar com *Descoberta*, ela passou ao cinema israelense como um todo, o qual se dividia, segundo ela, em comercial superficial, formulário, uma sequência de clichês antigos, conhecidos até a exaustão, e experimental, "subversivo", sofisticado sem fim, mas não menos mofado, do qual estava ainda mais farta. Ela não se lamentaria se nunca mais escutasse a palavra "subversivo" em sua vida. "Você sabe — ela disse

—, um casal tendo uma conversa absurda numa sala, uma sala em Tel Aviv, certamente legal, com piso desenhado e sofá vintage, um detalhe amarelo e essas porcarias, as ligações entre uma frase e outra totalmente ao acaso, papo furado, e finalmente, **graças a Deus,** eles se levantam e vão para o quarto, e a câmera permanece na sala. Dez minutos. Uma droga de dez minutos de um close-up no sofá vazio que a produção trouxe do mercado das pulgas. Me diz, você acha normal? Não conseguem fazer uma coisa boa e simples, um filme só simples e bom, mesmo o avesso do avesso já seria irônico, ninguém diz a verdade porque já não lembra qual é a sua própria verdade, porque faz tempo que essa não é mais a questão." Ela preferia ser uma funcionária em uma funilaria e não participar de mais um filme experimental — por mais irônico que fosse, sua personalidade obscura, misteriosa, combinava maravilhosamente com esse tipo de filme. Porém, ela não poupava nem a si própria, e mesmo que ainda não houvesse mencionado o filho no Canadá, contara a Eli com pormenores coisas que a chocaram, as quais Smadar ficaria feliz em publicar como detalhes "coloridos", ela discordava do termo vulgar "fofoca", mas não passava pela cabeça de Eli começar sua amizade com ela através de um ato de traição, pois ela já decidira que seriam amigas, e entendeu que Tamara, numa ingenuidade que há tempos já deveria ter perdido, contou só para ela e não para todos os que estavam na rede. O que lhe restava fazer para extrair dessa conversa uma entrevista que merecesse ser publicada? A solução rotineira, segura: fragmentos de citações suavizadas, não minados, permeados de muitas fotos, aquele rosto alongado emoldurado por cabelos pretos lisos, de perfil grego, olhos profundos e pálpebras pesadas, isso nunca havia prejudicado nenhum site.

Não foi surpresa descobrir que a dona daquele rosto acordava todos os dias nas horas tardias da manhã, e que a maior parte das horas em que estava acordada passava no escuro. A própria Tamara não tratou esse seu hábito com indulgência. Após anos de empenho, ela perdera as esperanças de mudá-lo, mas não deixava de tentar se impor limites. "Se você não tomar cuidado o mundo cairá sobre você sem que você perceba", ela disse para Eli e para si. "Mais uma hora e mais uma hora, cada vez mais tarde, vá se deitar de manhã e se levantar ao anoitecer, você se encontrará sozinha, o mundo de um lado e você de outro." Eli se virou para o outro lado, sobre o ombro esquerdo, e não se atreveu a verificar as horas. "Você se encontrará sozinha" — alertou aquela voz que afaga e acaricia, que ecoa muitas vozes, algumas próximas e conhecidas, como vindas de dentro de sua cabeça. "Se você for derrotada na luta do despertar noturno, o mundo a derrotará facilmente na luta diária que tira o sono dos seus olhos." Um círculo perfeito. Fragmentos do dia pairavam diante de seus olhos, como retalhos de pano ao vento. De tarde, quando ela se arrastava para casa com Noam, carregando um saquinho de compras que ela conseguira fazer a caminho do jardim de infância, vinham na direção deles uma mãe e um menino. O menino era mais velho do que Noam, tinha mais ou menos seis anos e era totalmente careca. Câncer, Eli entendeu assustada, e se apressou em desviar o olhar, para que ele não pensasse que o estivessem encarando, mas então ela viu que a mãe também estava careca, havia raspado a cabeça provavelmente para tornar o fardo do filho mais leve, e sentiu um arrepio escalar por sua pele.

— Mãe — disse Noam.

Só faltava ele perguntar. O que lhe diria?

— O que foi?

— Não, mãe, vem cá um minuto — ele parou.

Ela largou o saquinho e ajoelhou-se diante dele:

— O que você quer, filhote?

— Eu não — ele explicou —, você é quem quer.

— Eu? O que é que eu quero?

— Um beijo — disse Noam, e segurando o rosto dela deu-lhe desajeitadamente um beijo no nariz.

Boa noite, Ayala. Como vai?

Meio pesado

Ultimamente tenho dificuldade de dormir

O que te impede de pegar no sono?

Ansiedade

De que tipo?

Do tipo que chamam de existencial

Percebo que eu e o mundo
somos demais para mim.

Por milagre sobrevivi até agora
mas isso não garante nada

É como se tivessem me deixado brincar
um pouco de faz de conta, mas na hora que
a realidade se lembrar de mim basta me
dar um soprão, ffffff... e isso vai ser o fim

**Você pode definir qual sua "função"
nessa brincadeira? O que você
deve fazer nessa brincadeira?**

Conseguir manter a cabeça fora da água
Com meu filho nos braços

Eu quero burilar um pouco mais: com o filho nos braços simplesmente porque você é a mãe dele, ou você sente uma necessidade específica de cuidar dele?

Sim, é preciso cuidar dele

Ele é delicado e muito ingênuo
para esse mundo

Ele é um anjo entre lobos

Não consigo deixar de ter medo
por ele nenhum minuto

Eu escolhi trazer ele para cá e agora é
minha responsabilidade cuidar dele

Eu entendo. Ainda vamos entrar nesse assunto, mas talvez fiquemos um pouco mais com o assunto com o qual você começou. Sobrevivência. Você desenha um quadro, real, aparentemente, no qual talvez você não tenha "braços" suficientes, ou seja, forças e recursos para cumprir todas as tarefas que você precisa realizar para a sua existência e a de seu filho.

Sim

E o que salta deste quadro e também da expressão que você usou antes, "demais para mim", é que você

simplesmente é "insuficiente". Você precisa enfrentar sozinha um desafio que não é simples também para dois.

Estou vendo onde você está querendo chegar

Estou tentando, não exatamente querendo chegar, enxergar o quadro claramente, com todos os detalhes, incluindo aqueles que talvez estejam escondidos.

Então arrume um marido e deixe que ele construa um lar para você[11], não é?

Casamento não é a única possibilidade. Nem a automática. Certo. Mas o contrário também não é um axioma. E eu me pergunto se isso não se transformou em um axioma para você. É preciso pôr à prova a suposição de que a vida solitária seja a única opção para você.

Talvez essa não seja a única opção, mas, no momento é o mal menor

Ok. Vamos tentar isolar. O que mais ameaça na segunda possibilidade?

Não está claro?

---

11. Referência à canção popular israelense *Arrume uma mulher e construa um lar para ela*, de Shalom Hanoch.

Nem um pouco. As pessoas têm medo de todo tipo de coisa. Comprometimento, entrega, intimidade, sufoco, perda da liberdade.

Não não

Tudo isso não me amedronta

Então o quê?

Muito simples
Separação

....

(Ela rola a tela para cima e para baixo enquanto aguarda receber a resposta dele, imaginando, não pela primeira vez, como ele seria. *O psiquiatra eletrônico* tem como política não publicar as fotos dos terapeutas, e o Dr. Rubin é para ela um ícone de cabeça cinza-azulada, sem traços, em um ambiente branco. E se o nome dele também fosse inventado, como o dela? Quem é que está mantendo essa conversa? A escassa informação que aparece na página inicial do site sobre ele não revela muito além de que se trata de um terapeuta licenciado, assim como os outros terapeutas do *psiquiatra eletrônico*, e ela prefere não pesquisar sobre ele além disso.)

Separação?

Sim. A possibilidade — grande — de passar
por outra separação nessa vida

Às vezes eu sinto que tive mais separações
do que relacionamentos

Ainda que matematicamente isso não
seja possível, assim me parece

Esse tipo de coisa deveria nos fortalecer

Isso não me fortaleceu em coisa nenhuma

ao contrário,

sou como um vaso quebrado que
foi colado demasiadas vezes

Mas agora esse perigo não
pode me ameaçar

Seja lá o que for, isso não vai me acontecer

Por que para você isso é tão perigoso? Separação é uma das vivências mais difíceis que há, sem dúvida. Mas na conversa anterior você insinuou que no seu caso era a nível de perigo vital, e eu queria esclarecer por que especificamente para você é tão intenso.

Pense, digamos, num fenômeno como
sensibilidade a picada de abelha

Se uma pessoa toma muitas picadas, depois
basta uma picada para acabar com ela

No meu entendimento, isso é alergia congênita. O que não torna o seu

exemplo menos interessante. De qualquer forma, penso que chegou a hora de falarmos sobre aquela picada.

....

Ayala.

Ok

Por onde começar

Não faz muita diferença. Por onde for melhor para você.

Alguém que eu amava

Namorado

Amei antes dele também, mas esse foi o amor mais completo e mais adulto

Eu não queria nada além dele

E o que não é menos importante, ele também me amava

Numa intensidade que eu nunca tinha visto, que eu não conseguia acreditar

Ele amava loucamente tudo em mim

Qualquer bobagem

Minha letra desajeitada

A forma como eu cortava o pão, parava
um taxi ou dizia alô no telefone

Você entende ao que me refiro?

Mais exemplos?

Mais exemplos... tem um monte

Sabe uma daquelas situações em que
você está contando algo e se dá conta
de que na verdade não importa o que
você diga, a pessoa simplesmente fica ali
te olhando enfeitiçado, deslumbrado

Ou se saíamos e começava a ventar, ele
corria para casa para me trazer um casaco

Ou quinze minutos depois de eu ter ido para
algum lugar, ele ligava de tanta saudade

Coisas desse tipo

Pela primeira vez na vida eu não tive
medo que deixassem de me amar

Fazia mais sentido temer um
furacão em Tel Aviv, eu diria

....

Pergunte alguma coisa, é estranho
ficar discursando assim

Quanto tempo durou a relação?

Pouco mais de dois anos e meio

Dos quais moramos juntos
por um ano e meio

O que ele fazia? Quer dizer, na vida.

Ele era músico

Estávamos para ir a Berlim morar lá
por um período

E o que aconteceu?

(Os dedos dela pairam sobre o teclado. Ela percebe que, na verdade, jamais havia contado isso em detalhes nem para Ravit nem para Tamara. Que a história aguarda há anos dentro dela, como uma carga.)

De repente ele se
transformou, de uma vez

Como foi que isso aconteceu?

Aconteceram duas coisas
ao mesmo tempo

Ele se juntou a um grupo
ou organização espiritual,
enlighten qualquer coisa

Entrou fundo na onda de ver a luz
e saiu de vez da onda do amor

Amor a mim, de qualquer forma

O tema espiritual o afastou de você?

Eu na época achava que sim

O quanto eu conseguia pensar

Que aquela luz tinha me ofuscado

Levou muito tempo para eu
entender que a ordem era inversa

Ele foi expelido do amor tão de
repente e de vez, que precisou
colocar a culpa em alguma coisa

Então ele se apegou a esse *enlighten*

Menos complicado do que se
tornar ortodoxo por exemplo

Estou bem convencida de que hoje ele
está bem longe daquela luz

Estou entendendo que você não tem contato com ele?

(E novamente seus dedos negam, e ela sente como se estivesse engolindo algo duro que machuca sua garganta. "E o que isso importa agora? — ela pensa, exausta — O que importa é Noam, como cuidar dele.")

Nenhum contato

Desde a separação até agora?

Certo

Então se não foi o *enlighten*, o que foi que interrompeu o amor dele, que você descreveu como total?

Talvez o amor fosse total, mas provavelmente não foi amor por mim

O que isso quer dizer?

Ele tinha um ideal de amor e o vestiu em mim

Assim por acaso?

Não, lógico que existia atração, desejo, química etc.

Mas é como se ele tivesse criado
uma personagem incrível que
ele amava e a colou em mim

Alguém que tinha uma ligação mais
ou menos superficial comigo

Mas era alguns tamanhos maior do
que eu

(Ela espia no relógio da tela. Mais onze minutos.)

E isso durou dois anos e meio? E mais de um ano morando juntos?

Ele era daquele tipo romântico,
de gestos grandiosos

Alguém que corteja e surpreende o
tempo todo, não se entrega à rotina

Para mim, claro, foi excitante e
arrebatador, mas na verdade ele
próprio abastecia a si mesmo

Isso funcionou enquanto vivíamos
mais ou menos o dia a dia

E o projeto de se mudar para Berlim foi a hora da verdade?

Provavelmente

Como é que posso saber de verdade?

O que é que sabemos sobre como e por que
nos apaixonamos ou deixamos de amar?

Me esgotei de tanto tentar entender

É difícil realmente rastrear mecanismos emocionais. É mais fácil reconhecer circunstâncias e eventos, como essa viagem. Que pelo visto não foi um evento qualquer.

Sim, foi o que pensei

Ele já não podia se enganar

Ele precisava se comprometer, construir
um futuro com uma mulher de verdade

Não com a fantasia que ele inventou para si

Você sentiu esse processo nele?

Não. Foi muito decepcionante, porque
ele continuou a cortejar e a "amar"
quase até o último minuto

Eu acho que desistir o assustava muito

Somente depois me lembrei de
todo tipo de dissonâncias

Por exemplo?

Às vezes, quando ele falava sobre
Berlim escapava um "eu" ao invés
de "nós", mas preferi atribuir isso
aos seus planos musicais

E de vez em quando ele me
lançava de repente um olhar
penetrante que eu não conhecia

Na ocasião me pareceu ser um olhar
de amor, mas na verdade era um
olhar investigativo, desiludido

Ele começou a me enxergar de verdade:
uma pessoa normal e não uma rainha

Ele começou a enxergar a
distância entre eu e o seu sonho

Mas na época eu não entendi

Eu ainda estava no nosso êxtase e não
percebi que eu estava ficando lá sozinha

Quando você percebeu?

("A sessão acabará em cinco minutos.")

Ayala, mesmo que tenhamos que terminar daqui a pouco, é uma pena que o processo que você iniciou hoje seja interrompido.

Levou tempo para chegar no evento que, sem dúvida, foi marcante e continua operando em você até os dias de hoje. É importante continuarmos esta conversa e esgotar o processo. Raramente eu proponho apressar sessões, mas desta vez eu sugiro fortemente que você marque a próxima sessão para os próximos dias.

Ok vou fazer o possível.

Na terceira noite a certeza já o golpeou, ela havia sumido. Ela jamais desaparecia por mais de um dia, sempre voltava para comer, para o seu lugar no sofá, para um afago — para o abrigo. E se não viera por mais de dois dias, alguma coisa, sem dúvida, lhe acontecera. Algo que ele até temia pensar. O sumiço dela o acompanhou insistentemente o tempo todo e em todo lugar, da casa à escola, de aula em aula, e durante o caminho de volta para casa. "Estranho — ele pensou — como uma criatura tão pequena e indiferente pode abrir um vazio como esse." Uma dor fantasma na mão acostumada a afagar distraidamente, no olhar que buscava o tranquilizante círculo de pelagem no meio do sofá. E na garganta, no peito, a mesma tristeza da solidão de sua infância, que não era exatamente solidão e sim um permanecer só, consciente de que ninguém pensa e ninguém lembra de você.

Seu tamanho sempre fora movediço para ele. Às vezes, a via como uma pequena gatinha e às vezes parecia uma onça flexível e teimosa. Agora que ela não aparecia, ele não conseguia, de forma alguma, enxergá-la em dimensões reais, somente se lembrava da sensação de seus ossos fininhos sob sua mão, através da pelagem sedosa. Antes, de tarde, ele havia saído para procurá-la nas ruas e nos quintais das casas vizinhas. Talvez ela estivesse deitada, ferida em algum lugar, mais perto do que ele imaginava, pois ela não se afastava dos limites furtivos de sua propriedade. "Apenas que ela não tenha sido atropelada. E eu — pensou — estou parecendo o quê, andando por aí como um idiota, lançando *psi psi* a arbustos e latas de lixo, qualquer gato branco-acinzentado fazendo meu coração pular."

Alguns gatos se aproximavam curiosos ao ouvir seus *psius*, andavam atrás dele como que se juntando à busca, os mais corajosos chegavam bem perto dele e miavam pedindo um afago. Mas eles não eram os gatos certos e ele os ignorava. Sara não estava em lugar algum. Em um dos prédios, um homem idoso o observava do primeiro andar e o acompanhava com o olhar bravo até ele passar para o prédio seguinte. No caminho de volta à casa, ele encontrou Eli e Noam, que voltavam do jardim, e pela primeira vez não se alegrou ao vê-los.

— Sara está em casa? — perguntou Noam animado.

— Não — disse no tom mais impassível que conseguiu, mas Eli fixou nele seu olhar cinza atento.

De noite, enquanto ele tentava preparar a aula sobre a Revolução Industrial para o dia seguinte, pulava do lugar toda vez que ouvia arranhões imaginários na porta de entrada. Numa das vezes que abriu a porta, viu Eli, que também abria a porta dela. Sem dizer nada, os dois fecharam a porta em silêncio. Foi o instante em que ele teve certeza. O instante de "não existe Sara". Ele começou a pensar em como encontraria uma gata nova — um macho, por algum motivo, nem pensar —, que fosse também uma gata de rua e também de sala, fiel e livre. E mais: ele se surpreendeu ao descobrir de repente o quão importante seria que Noam gostasse dela.

Se eu for um bom menino, e fizer tudo o que Silvia e Abigail querem antes mesmo delas pedirem talvez elas cuidem de mim.

Se eu for um bom menino e der para Nimrod e Adam vários presentes e eu emprestar para eles meu brinquedo mesmo quando eu estiver no meio da brincadeira e jamais irritar eles talvez eles não batam em mim.

Se eu for um bom menino e não acordar a mamãe de manhã no sábado e terminar toda a comida do prato e colocar todos os lápis de cor e os brinquedos no lugar talvez ela me deixe ficar esperando ela em casa ou ir com ela no trabalho e lá eu vou ficar quieto e não vou incomodar ninguém e assim eu não vou precisar ir nunca mais para o jardim.

— Noam, Noam — disse Eli, e afagou seus cabelos misturando todos os seus pensamentos. — Você está sonhando de novo e esquecendo de comer!

No quarto dia, deixou cair a frigideira dentro da pia sem ligar para a água que espirrou no seu rosto e limpou a espuma do sabão de suas mãos enquanto corria, ainda antes da porta ser arranhada, reagindo ao choramingo ansiado que, finalmente, se ouvia com clareza. Assim que abriu, Sara se esgueirou para dentro passando por ele rapidamente, sem se esfregar em suas pernas como de costume — talvez precisasse se acostumar com ele novamente, ou, quem sabe, talvez até sentisse um tanto de culpa por tê-lo abandonado daquela forma — e avançou diretamente para a sala pulando no sofá. Alex ficou encostado na porta de olhos fechados até que ela fechou. Por um instante, ele foi atingido por um pensamento assustador: quando ele abrisse os olhos ela já não estaria mais ali. Mas ela estava sentada no sofá como uma pequena esfinge, na verdade um pouco suja, um pouco mais magra, mas como sempre: branca-acinzentada, olhos transparentes, indiferente, simples e insubstituível. Ele foi até ela, se ajoelhou e, assim como Noam, mergulhou o rosto naquele manto macio — esfregando-o na barriga, na nuca, no pescoço dela —, inspirou fundo o cheiro quente e murmurou: "Você voltou, malvada", e envolveu o corpo dela com as palmas das mãos até ela soltar um miado irritado, então a deixou e, levantando-se, foi encher as tigelinhas dela com comida e água.

Ela sentou-se na frente dele no pequeno escritório, com uma expressão de discórdia e descontentamento, não rara entre os alunos convidados para uma conversa. Na verdade, era uma das expressões mais conhecidas por ele no trabalho, mas ele sentiu que ela escondia mais alguma coisa. Talvez. Talvez não. Sempre temos que tomar cuidado para não contaminá-los com os nossos demônios, ele sabia, não plantar ideias que talvez nem mesmo eles teriam. Por outro lado, se a deixasse conduzir a conversa, a mesma teria acabado em um minuto.

Na semana anterior, depois do episódio Camus, ele havia pedido para trocar umas palavras com Amit, que era a professora responsável pela turma dela. Depois que deixaram de se encontrar, eles se comportavam com uma polidez cautelosa. O segredo entre eles parecia ter ficado mais grave justamente a partir do momento em que se tornara passado, talvez porque agora não o guardavam em parceria, mas cada um por si. Essa fora a sua primeira conversa privada desde então, em pé, na entrada da sala dos professores. Embaraçado, ele a teria evitado, se não estivesse realmente preocupado.

— Sivan A ou D? — Amit perguntou.

— A.

— Não sei... ela nunca foi do tipo muito...

— Eu sei — disse Alex —, ainda assim não estou tranquilo.

— Você tentou falar com a orientadora nova, qual o nome dela, Einat?

— Sim, reduziram o horário dela para duas vezes semanais, e ela tem uma lista de espera de algumas semanas. E, em todo caso, ela me lembrou que não pode convocar, assim, sem pretexto, uma aluna que ainda não foi atendida por ela, sem antes ter uma conversa com ela e seu professor responsável.

— Certo — disse Amit, pensativa. — Olha, posso falar com ela, mas não nos próximos dias. Mudando de assunto, queria te pedir para me substituir, a partir da próxima semana, vamos viajar para o exterior por dez dias. — Ela baixou os olhos por um instante. — Sharon vai me substituir em Literatura e Expressão e ficaria feliz se você puder pegar as aulas de Cívica, na sexta-feira. Serão duas vezes no total.

— Não tem problema, eu não dou aula nas sextas.

— Obrigada, Alex, sou muito grata por isso — ela disse, e a afeição antiga emergiu por um instante entre eles, a possibilidade de trocarem entre si sinais velados de carinho ainda permanecia. — Os assuntos restantes, tudo que não é urgente, pode esperar até eu voltar.

— Eu acho que chamarei todos para conversar com o professor — ele disse. — Por ordem de sobrenome — ele acrescentou, e ambos sorriram.

Agora, portanto, à sua frente está Sivan A., a segunda da lista, sentada na ponta da cadeira, respondendo às suas perguntas — como vão os estudos esse ano, como vai indo na classe, existe algum problema que você gostaria — com monossílabos. Fora aguardavam os próximos da fila que já deveriam entrar, mas ele não queria desistir, sabia que dificilmente haveria outra oportunidade como aquela.

— E quem são suas amigas? — ele continuou.

O olhar que ela lhe lançou o fez lembrar de Sara recuando hostilmente quando ele exagerava nos afagos.

— Como professor, eu devo aborrecer vocês — arriscou, mas não ganhou um sorriso.

— Eden Bakhar... — ela disse se defendendo.

— Sim...?

— Sapir Lotan, Yahli Knafo, Coral Moses.

Ele sabia que ela estava mentindo. Na intransigente hierarquia social da turma, não havia chance de que uma dessas três concordassem em ser amiga de alguém como ela ou até mesmo notassem a sua existência. Na marginalidade há perigo de contágio. Talvez ela minta por simples constrangimento, ou talvez esteja escondendo alguma coisa. E ele já tinha esgotado as perguntas que poderia fazer sem ser rude.

— Ok, Sivan — ele disse. — Você tem o meu telefone. Qualquer pergunta, problema, o que... — ela já estava a caminho da porta.

Naquele dia ele voltou da escola exausto. Uma dor na nuca não o deixava em paz. Sara, que cochilava numa réstia de sol no jardim do prédio, levantou-se quando ele chegou e subiu com ele para casa. Quando ele se atirou no sofá, ela recuou assustada, mas depois de um minuto pulou nele e se acomodou em seu peito, estendendo para a frente suas duas patas, como que para protegê-lo. A sua mão a alisava distraidamente e seus olhos vagavam pelo teto, observavam a mancha de umidade que permanecera depois que a goteira fora consertada. Pairavam diante dele o rosto vedado de Sivan, seus ombros contraídos, erguidos, que guardavam uma dor profunda que, agora tinha certeza disso, ela não estava pronta para compartilhar com ele. A conversa com ela, a mais curta de todas, o extenuou mais do que todas as outras. "O que se recusa — pensou — às vezes pesa mais do que aquilo que se deixa acontecer." Não era possível chamar os pais dela para uma conversa, pois não havia um motivo concreto. Uma cara azeda ali, uma intuição aqui. Ela nem ao menos lhe dava um pretexto, como uma queda repentina nas avaliações. Ele suspirou. Cada um pode saber somente aquilo que conhece, e as crianças conhecem tão pouco que é difícil que eles imaginem outra coisa. O passado delas é curto para que elas possam conceber um futuro com todas as surpresas e transformações latentes nele. O futuro para elas é apenas a continuação do que elas conhecem, um presente infinito que se estende. E tudo o que lhe ocorria para aliviar a dor de Sivan era justamente o que lhe era proibido: acalentá-la assim, como a Sara, murmurar baixinho: "isso vai passar, querida menina, isso é pequeno e passageiro, você não tem noção de como isso é pequeno e passageiro, agora parece que o mundo, a vida e a alegria acontecem sempre distante de você, se você apenas soubesse como isso não é certo, e como isso ficará para trás, um dia você achará graça". Ele afagaria sua cabeça prometendo, jurando que ela se livraria daquele desajeitamento excruciante — livrando-a da lealdade ao desajeitamento — e apresentando-a à mulher ruiva maravilhosa, excitante que um dia ela seria, se somente se segurasse, respirasse fundo e concordasse em saber que agora era só agora, e o agora é pequeno e passageiro.

Certa vez, depois de uma das refeições na casa de Ravit, aconteceu de ficarem a sós, ela e o pai, enquanto todos os outros passaram para a sala para assistir uma peça improvisada por Noam e as duas meninas. Até Mira, sua mulher, sentou-se no sofá, sorrindo de vez em quando. No silêncio que se instalou ao redor da mesa, sentiu como suas costas tornavam a se curvar sob o fardo constante, esquecido por um instante no tumulto familiar, e o refrão diabólico só aguardava por aquele instante — *por acaso você, por acaso todas as manhãs, por acaso seu filho, por acaso o futuro* —, e justamente então ele lhe perguntou:

— E como você está, Elisheva?

— Muito bem — respondeu alto e enfaticamente. Acalmou a voz. — E com vocês, tudo bem?

— Tudo como sempre.

Menos de um mês se passara desde o encontro anterior, e ele, de fato, não lhe parecia nada como sempre, havia algo diferente que ela não conseguia detectar. "E provavelmente — ela pensou — ele também está adivinhando o que eu não estou dizendo."

Ele era um homem bom e quieto que, enquanto sua mãe estava viva, podia refugiar-se atrás dela e de vez em quando proferir de lá um elogio, um incentivo ou um tímido aceno de cabeça, enquanto ela administrava, em nome dos dois, a concessão de beijos e abraços. Sem ela, ele percebeu que não conhecia a linguagem do afeto e que já era tarde para aprender. Eli também, apesar de enxergar com tristeza suas mãos se estenderem sem que se tocassem, não conseguia transpor a barreira que existia desde o dia em que nascera, antes ainda do início de sua lembrança. Ele perguntou como está o apartamento e ela respondeu "pronto, totalmente arrumado"; e ela perguntou o que há de novo e como ele sempre diz "tudo velho", os dois riram, e ela perguntou como vai a marcenaria — o hobby que ele adotara depois de ter se aposentado no ano anterior — e ele disse "maravilha", e sem que ela perguntasse disse que já estava terminando a cama pequena que Noam lhe havia pedido para seus bonecos que estavam proibidos de dormir na sua cama, faltava apenas lixar, pintar e laquear; e ela calculou e lembrou-se de que a cama estava sendo feita há muitos meses, Noam havia parado de perguntar sobre ela, e aí, então, ela entendeu o que havia mudado no seu pai. Os olhos, o olhar estava nublado, e ela entendeu de repente por que, nas duas ou três últimas vezes que eles a levaram de volta para casa, não como de costume, fora Mira quem dirigira.

Seu coração apertou-se. Ela perguntou: "Quem sabe vocês vêm tomar um café no próximo sábado?" Ela sempre o convidava no plural, mesmo que ambos soubessem que Mira não viria, e agora, com a deterioração da saúde dele, como é que ele viria sozinho? E eles ainda falaram mais algumas coisas destinadas a velar mais do que revelar, depois concordaram que já era tarde, e antes de ela pegar o filho e ele a mulher, ele colocou uma nota de 200 *shekels* na mão dela, a qual manteve apertada por um instante entre as suas duas mãos quentes, e ela, que antigamente tentava recusar, não recusou, pois sabia que eles não teriam mais proximidade do que isso.

Eli foi à cozinha preparar um chá para elas e chocolate para Noam, para acompanhar os bolos que Tamara trouxera de Yafo, enquanto Tamara ficou com Noam na sala, construindo uma torre de cubos no tapete. Noam explicou-lhe as regras: cada um na sua vez acrescenta um cubo até a torre ficar bem alta. É preciso usar todos os cubos até o último sem que a torre caia, "mas", acrescentou, "você não precisa ficar brava quando ela cair, é assim".

De cubo em cubo, Tamara sentiu como foram se desprendendo durante as últimas semanas em que ela tentara alinhavar algo semelhante a amor, que já havia falhado algumas vezes no passado, restando somente um apego teimoso, quase sem sentimento — uma sequência de dias ruins cheios de tempestades sombrias, sem um minuto de paz ou de alegria, somente uma espécie de excitação doentia que a desgastava e irritava seus nervos, até que uma noite, depois de sair de um apartamento com raiva, contendo-se para não bater a porta e não reverberar cenas que havia representado em filmes, ela voltou para casa, subiu rápido demais os degraus e seu pé tropeçou em um deles. Após dois dias de dores atrozes que não diminuíam, manquitolou até a médica. A clínica ficava a apenas algumas centenas de metros de sua casa, mas ela pisava com dificuldade e acabou chegando muito atrasada para a consulta. Sem precisar radiografar, a Doutora Yunes logo diagnosticou uma fratura em dois artelhos, engessou o pé, determinou que ela ficasse em repouso e a proibiu de andar.

Passados cinco dias nos quais só dormiu, leu e não atendeu telefone, ela melhorou. Conseguiu pisar, mesmo que com cuidado, sem sentir uma onda de dor forte, e, assim que conseguiu andar, foi tomada por uma necessidade imediata de ver Eli e Noam. Como havia deixado tanto tempo passar? Ela desceu até a confeitaria, comprou um bolo de chocolate para Noam e uns croissants para Eli e para si, parou um taxi, se atirou no banco e somente quando o motorista lhe perguntou para onde iriam, ela pensou em ligar para Eli, avisar que estava a caminho e perguntar o endereço.

Duas torres já haviam caído do topo um instante antes, por culpa do cubo dela. Ambos sorriram sobre as ruínas coloridas, o sorriso dela desculpando-se, e o dele reconfortante, "não é para ficar bravo, é assim", e recomeçaram tudo. Quando a terceira torre superou a altura de Noam, que estava ajoelhado, ela pediu que ele continuasse sozinho, e ele concordou com uma expressão complacente. Ela estendeu-se para o lado, se apoiou no cotovelo, sustentando a bochecha com a palma da mão, e ficou olhando para o rosto concentrado dele. O marrom dourado de seus olhos, como âmbar ao sol, a inundou com tranquilidade, e ela não lembrava quando teria sentido algo assim. Ela não entendia por que havia evitado essa luz por tantas semanas.

— Noam — ela disse —, você sabe que eu estava com muita saudade de você?

— Sim — ele respondeu sem tirar os olhos da torre.

— Como você sabe?

— Você não tinha com quem brincar — disse o menino, e levantou para colocar o último cubo com cuidado. A torre balançou um pouco entre eles, como que hesitante, mas não caiu.

Então, paramos na pergunta: quando na verdade você percebeu que as coisas mudaram com o seu parceiro?

Sim

Só quando ele veio e me avisou que tinha acabado

(E sua leve raiva contra ele, contra si, que obedeceu e se apressou em marcar uma nova conversa em menos de uma semana, estava desaparecendo.)

Ele veio e avisou?

Sim

Foi mesmo a 100km por hora

Eu acho que ele temia que se fizesse lentamente e
com consideração simplesmente não conseguiria

Ele estava assustado, quase histérico

Falou, pediu desculpas, chorou um pouco

Foi como um tributo ou um favor para mim, esse choro

Eu não chorei, estava totalmente congelada

Depois ele tirou as coisas dele e simplesmente
evaporou-se em um dia

Correu por sua vida, como se diz

Você pode reconstituir
o que você sentiu?

....

("Faça isso — ela pensa — se livre disso.")

Totalmente chocada

Eu não podia acreditar,
muito menos entender

Nesse choque havia algo
como um anestésico

Então no início quase não senti

Quanto tempo levou essa fase?

Algumas horas

E então?

Caí na real

E o que você sentiu então?

....

Uma dor difícil de descrever

Não se pareceu com nada que eu
conhecia ou pudesse imaginar

Tenta descrever, ainda assim.

(Da mesa, no canto da sala, seu olhar envolve a sala, como se a resposta estivesse escondida ali, e ela se surpreende: quão pequeno é este lugar.)

Como se alguém que há alguns
minutos atrás me segurava bem
alto nos braços, de repente, me
atirasse com força no chão

Uma dor tão forte que nada mais
além dela existe e é impossível
sentir alguma outra coisa

....

E tirando a dor, você lembra o que mais aconteceu, o que você fez naqueles dias?

Quase nada

Não saí de casa, exceto
uma vez que precisei

Para o quê?

Para jogar algumas coisas
que ele havia esquecido de
levar quando fugiu assim

Eu não aguentava ver aquilo
diante dos meus olhos

Mas isso não ajudou

Cada coisa tinha a ver com ele. Eu
mesma era uma daquelas coisas

**Você lembra quanto tempo
você ficou assim em casa?**

Aproximadamente uma semana

**Você não precisava sair para
comprar comida, por exemplo?**

Eu não conseguia comer nada

Eu mal conseguia beber ou dormir

Quando eu finalmente dormia, era
mais como perda de consciência

E eu acordava como que no
meio de uma tragédia

Essa era sempre a primeira
coisa antes de abrir os olhos

Era como acordar de um pesadelo
em outro pesadelo, e então perceber
que aquela era a realidade

Eu tinha medo de dormir e
tinha medo de acordar

Eu era como uma pilha
destroçada no chão

Sem chance de novamente
correr o risco de chegar em
uma situação dessas

Alguém ajudou? Você falou com alguém?

Eu era incapaz de falar

E eu sabia que ninguém poderia
me consolar a não ser ele

O tempo todo eu sentia um impulso de
correr para ele em busca de consolo

E mil vezes no dia eu precisava
lembrar que já era impossível

Eu entendi que ninguém que te odeia
pode te ferir como quem te amou

Entendi que o mundo está
totalmente vazio de consolo

Difícil explicar, é como se eu tivesse
sido atirada sozinha no espaço

Naqueles dias havia alguma coisa que aliviava sua dor, nem que seja um pouco?

...

(Sua tensão se dissipa. Aquele instante em que Rubin foca na resposta que se encontra na ponta dos dedos dela à espera da pergunta.)

Uma coisa muito estranha

E também, não é que aliviou
exatamente, mas pelo jeito
atendia alguma necessidade

O quê?

Depois de ter me livrado das coisas
dele, comecei a cortar meu cabelo

Eu tinha um cabelo longo
que ele gostava muito

No início eu o encurtei

Depois eu o cortei totalmente

Cada vez que eu sentia que não
aguentaria essa dor nem mais um
minuto, eu agarrava a tesoura
e cortava mais um pouco

Você só cortou o cabelo?

Roupas também

Você chegou a se ferir?

Não precisei

O que isso quer dizer?

Aconteceu por si

Depois de uma semana ou
quanto tempo isso tenha
levado, acabei no hospital

Como isso aconteceu?

Minha irmã veio e me encontrou
em um estado nada bom e
chamou a ambulância

Diagnosticaram desidratação,
desnutrição e colapso geral

Disseram que se isso tivesse
se prolongado por mais alguns
dias, eu estaria em perigo

Que tratamento você recebeu?

Eu me lembro principalmente
das infusões

E conversa, ou mais precisamente
silêncio, com um psiquiatra

Mas ele chegou à conclusão de que eu
não era suicida e me deixou em paz

E ele tinha razão?

Mais ou menos

Eu não tinha intenção de me
matar, mas senti que isso poderia
acontecer e eu não me importaria

(Agora é importante para ela esgotar tudo nessa conversa, chegar ao que é verdadeiramente importante, que requer tratamento agora e não em retrospecto.)

Mas no hospital aconteceu
uma outra coisa

O quê?

Me fizeram um milhão de
exames e foi assim que eu
fiquei sabendo, totalmente por
acaso, que estava grávida

....

(Ela dá um pequeno sorriso diante do silêncio dele.)

Então seu filho é o filho daquele seu parceiro?

Sim

...

Imagino que não foi algo que vocês haviam planejado?

Não mesmo

Tivemos muito cuidado para evitar uma gravidez

Até hoje não sei como isso aconteceu

Ele não sabe do menino?

Não

Estou bem com isso

Pois ele queria fugir e se desligar

A última coisa que desejaria era um filho comigo

Se ele soubesse da gravidez, de maneira nenhuma iria querer mantê-la

E o que você sentiu quando descobriu?

Um choque absoluto pela segunda vez

Mas claro, de outro tipo

Foi a primeira coisa que
conseguiu me desligar um pouco
do desastre da separação

De fato, é óbvio que esta gravidez
está diretamente ligada a ele

Mas a vivenciei como algo
totalmente diferente

Um tipo de reviravolta

Nesse instante aparentemente a decisão de manter o menino não era óbvia.

Teoricamente não

Eu até hesitei um pouco

Mas a verdade é que desde o primeiro
minuto eu sabia que iria manter

Que não havia outra possibilidade

Por quê?

Não foi uma decisão racional, refletida

Ele simplesmente era meu
filho, de imediato, exatamente
como ele é agora

E só meu, nada a ver com
aquela pessoa que não sabia
dele e nem o desejaria

**Essa não é uma escolha trivial,
mesmo em circunstâncias menos
difíceis. Você não teve dúvidas?**

Estranho, mas não

Mesmo os argumentos
surgiram só depois

Quais eram?

Pensei que ele tinha passado
comigo aquela semana terrível

Que tinha sobrevivido a toda a
dor, o colapso e a internação

Então quem era eu para
decidir abrir mão dele?

Mas depois entendi que o
motivo verdadeiro era outro

Qual foi?

Ele na verdade me salvou

Nenhuma outra coisa poderia
interromper minha derrocada

E de repente ele me deslocou para
outra coisa totalmente diferente

Me resgatou sem que eu percebesse

Mas esse também não foi o motivo

("O encontro será encerrado em cinco minutos.")

Eu ainda tenho quinze minutos
até a próxima sessão, podemos
continuar um pouco além do tempo.

Então qual era o motivo verdadeiro?

Ele soube, desde cedo, como
a vida pode ser um horror

Ele sentiu isso na carne,
na nossa carne

Pois ele foi criado um minuto
antes de tudo despencar

E, mesmo assim, escolheu
permanecer

Entendo.

E eu que naqueles dias não
podia imaginar algum modo ou
motivo para conseguir continuar
vivendo... De repente, ele me
ensinou que é possível querer
permanecer vivo mesmo quando
já não resta nenhuma ilusão

Mesmo sabendo que é possível
perder qualquer coisa

Mesmo a coisa mais querida

Mesmo assim é possível
escolher viver

Sim.

(Ela se lembra do que é impossível fazer caber em palavras digitadas apressadamente no final de uma sessão: a dupla existência, durante meses, desta que tenta se reintegrar, acostumando-se com o seu novo eu, só e grávida, começando a tecer pequenas relações com o bebê; e daquela que poderia estar vivendo agora em Berlim, desfazendo malas em um apartamento pequeno com piso de madeira em Friedrichshain, aprendendo a cada dia mais algumas palavras titubeantes em alemão, deitando abraçada, cabelos ainda longos e macios.)

**Ele tem quatro anos se
bem me lembro?**

Sim

E ele pergunta sobre o pai?

No ano que passou, me parece que ele começou a se perguntar

E para você ele não pergunta?

Vai parecer estranho, mas esse menino aparentemente me poupa de perguntas difíceis

Às vezes eu sinto que ele tem uma pergunta em seu coração, mas ele me poupa

Agora, daqui a pouco o tempo vai terminar. Para encerrar, quero te perguntar uma coisa.

Sim...?

Qual é a coisa mais importante na vida?

De onde você foi tirar essa pergunta agora?

Não importa, aquilo que vem na sua cabeça.

O mais importante no mundo? O
mais importante no momento?
O mais importante para mim?

Nada vital, tente responder
sem pensar demais.

(Ela pondera, no relógio da tela se passaram não mais do que três segundos.)

Delicadeza, eu acho

O que isso significa?

Que as pessoas sejam menos duras

Que a vida seja menos difícil

Mais ou menos no meio da pilha de provas, ele se levantou para endireitar as costas doloridas e olhou a rua pela janela. Para sua surpresa, viu Tom Baram, do 2º colegial, indo da calçada para a entrada e desaparecendo dentro do prédio. Ele foi até a porta e olhou pelo visor. Tom chegou no andar e bateu na porta em frente. Eli abriu a porta e ele entrou. Passados alguns minutos, Eli saiu e pela janela ele a viu entrando em um táxi que a aguardava embaixo, e o carro partiu. Ele permaneceu por mais alguns instantes diante da janela, como um viajante retardatário na plataforma diante da estação de trem vazia, e voltou às provas. Dentro de alguns minutos, ele percebeu que não conseguia entender nada, se levantou, voltou à janela e observou a rua silenciosa.

A Valsa dos Adeuses (título provisório)
Autor: E.D. — Cultura
Data de modificação: 16.2. 14:16

O espaço do depósito no sul de Tel Aviv que fora transformado em uma sala de teatro e que, na última década, funcionou como *Teatro Molécula* é muito conhecido pelos inúmeros amantes do grupo teatral. Nesta semana, em uma das noites do festival *Festa de encerramento*, pairava ali uma névoa fina de tristeza: mesmo nos momentos mais empolgantes das apresentações, era impossível esquecer de que se tratava do último festival, o canto do cisne do teatro. E que *grand finale* foi. Como sempre, nas apresentações do *Molécula*, haveria algumas obras de diferentes gêneros que compunham um mosaico colorido e muito surpreendente. Naquela noite, o volume foi aumentando, da primeira peça intimista até a explosão ofuscante como fogos de artifícios na terceira e última peça.

Na primeira peça, *Telenovela*, um feixe de luz fraco no centro do palco escuro ilumina duas mulheres com vestidos de gala brilhantes e reveladores, sentadas dos dois lados de uma pequena mesa, elas estão ocupadas com algo que não está claro: preparando os ingredientes para uma refeição? Escolhendo lentilhas? Jogando damas? A luz aumenta devagar, e torna-se evidente que as belezuras são duas *drag queens* (interpretadas por Gerard Segal e Bassem Natur) brincando com LEGO. Na tela, uma retroprojeção em *close* do jogo vai se tornando lentamente mais visível: com bonecos e cenário de LEGO, elas estão montando uma telenovela segmentada e intensa, cujas personagens também são de identidade de gênero fluida, e assim toda a paixão, separação, traição e alteração emocional multiplicam-se e dividem-se em uma gama vertiginosa de possibilidades. Os olhos logo deixam de ver os dedos masculinos, com unhas cuidadas e pintadas de vermelho e rosa, remexendo nas peças de plástico, o foco passa para os bonecos de LEGO que se tornam personagens, e personagens de carne e osso, em um enredo carregado e emocionante, que, como nas telenovelas, não tem um final de verdade, é interrompido até o próximo capítulo, que no caso do *Molécula*, já não virá.

A segunda obra, *Só sobre mim*[12], é um virtuosístico solo de teatro-dança. O ator Dan Portal apresenta um monodrama futurista, com interpretação, canto e uma dança frenética e forte, operando, como se não bastasse, também a iluminação e a trilha sonora com um equipamento que ele carrega no corpo. Ele se autodirige durante a interpretação e, no processo, cria um cenário apocalíptico que no final da apresentação o enterra, desabando sobre ele. Além da gama de habilidades e do domínio técnico perfeito, há algo desolador no espetáculo: é difícil não enxergar a ligação simbólica entre a liberdade solitária e intransigente do personagem — e seu fim — e a direção e a agenda artística do *Molécula*, onde artistas, dançarinos, diretores e mesmo a diretora artística são operadores de palco, técnicos de som e bilheteiros.

Dançar à minha melodia é o nome da obra que encerra a noite. Membros do grupo de dança do *Molécula* abrem com uma dança muda, os únicos sons que a acompanham é a respiração dos bailarinos e os golpes dos pés descalços sobre as tábuas do assoalho do palco, e, de vez em quando, o som de um corpo topando com outro. Uma forte luz ilumina, de repente, um posto elevado do DJ ao lado do palco, concebido como o púlpito de um pregador de igreja. Uma bailarina escala agilmente até o posto e começa a entoar uma música, o grupo reage e dança à sua melodia. Passados alguns minutos, outro bailarino a substitui enquanto ela aterrissa retornando ao palco. A música muda completamente, e com ela a dança. Em seguida, os participantes se alternam continuamente no posto, sendo que cada troca é um pequeno dueto com coreografia própria, e a música e a dança

12. Título baseado no verso *Eu só posso contar sobre mim*, da poetisa Rachel Bluwstein (1890 - 1931).

mudam de acordo. Sem intervalo, os bailarinos parecem criar a música com seus corpos e movimentos.

Além disso, quase imperceptível, uma fina chuva de confete prata-azulado começa a cair do teto. A torrente de papel vai aumentando até que, em um dos momentos mais surpreendentes do show, se transforma em chuva de verdade. Os participantes molhados não param de dançar. De vez em quando, escorregam no chão molhado e caem, mas levantam e continuam a dançar, e a precisão refinada da primeira parte "seca" da dança é substituída por uma selvageria desesperada. Aqui também, é impossível não enxergar, através da dança suicida, a verdade em que o teatro *Molécula* persistiu inabalavelmente durante toda a sua existência, colapsando contra a obtusidade e o conservadorismo, e pagando um alto preço.

No intervalo, conversei com Mazal de Portuguez, fundadora e diretora artística do teatro. Uma mulher impressionante, sem idade, vinda do grupo Pina Bausch, que operou nos palcos israelenses uma mudança dramática até que o *establishment* conseguiu cortar subsídios e paralisá-la. Os recursos do Ministério da Cultura e da Loteria Federal, que, de qualquer forma, sempre foram mínimos, foram cortados quase que totalmente, e a Prefeitura de Tel Aviv ordenou a evacuação do depósito — o qual, cabe ressaltar, foi reformado com recursos próprios do grupo de teatro — e se recusou a oferecer um lugar para substituí-lo, e, parece que pela primeira vez, Mazal de Portuguez se cansou da luta interminável.

***Molécula* continuará existindo?** "Não em Israel", responde de Portuguez baixinho, mas com determinação. "Aprendi na pele que este lugar é uma armadilha mortal para a cultura. Na melhor das hipóteses, ela é recebida com indiferença e, na pior delas, provoca uma verdadeira hostilidade. Principalmente quando se trata de uma obra que ousa diferir das regras amenas e anestésicas que não fedem nem cheiram. A cultura então constitui uma ameaça às instituições e, ao que parece, também ao público. Nos últimos anos, neste lugar tem acontecido uma corrosão anticultural que está se radicalizando e, como resultado, o propósito e a justificativa da arte aqui é obscurecer, anestesiar. A arte que desperta – como qualquer arte verdadeira – será calada no final das contas."

Talvez seja possível vocês continuarem em uma outra formação ou magnitude?

"Em outra magnitude? Menor do que a molécula seria um átomo. Isto significaria que conseguiram nos dobrar e obrigar a obedecer. Não. Nós vamos dar o fora conforme "nossa melodia", não de bico calado. Cada ano sobrevivido aqui foi um milagre, mas há um limite que — —

Smadar Keren-Adler agarrou o telefone, mas logo o largou, definitivamente havia um limite, se levantou da cadeira que empurrou para trás e foi marchando à pequena sala na continuidade do corredor, enquanto as batidas de seus calcanhares inflamavam a sua fúria.

— Diga-me, você está me gozando? — atirou na cara surpresa de Eli Dayan assim que entrou. — Você espera mesmo que eu publique essa coisa? Onde você pensa que escreve, em uma revista de artes cênicas? Bem-estar, sabe o que é isso? O *Harmony* é um site de bem-estar, esse é o nosso direito de existência.

Ela sabia que já esclarecera suficientemente aquilo que acabara de explicar, mas, ao invés de se acalmar, foi ficando cada vez mais alterada, como se chicoteasse com palavras uma filha rebelde e ingrata, o que jamais havia feito na vida, sem conseguir parar.

— Ou talvez você queira baixar de doze acessos por dia para três? Ou começar a censurar comentários furiosos? Porque, de qualquer jeito, sua seção está na mira, eu preciso brigar com os chefes por ela e por você, numa boa, não coloque pedras no meu caminho — ela viu os olhos de Eli se arregalarem assombrados. — Então, se não for muito difícil, tente escrever alguma coisa sem névoas de tristeza, agendas artísticas e cenários apocalípticos, sem frases que se estendam por cinco linhas e, principalmente — aqui ela teve que parar para respirar — **sem papos políticos**, está claro? Nós não conhecemos a palavra *establishment*, ok? Essa palavra não existe.

Ela se virou e saiu, e um instante depois voltou e disse:

— E na última vez que eu verifiquei, trezentas palavras eram trezentas palavras, não novecentas — e saiu de novo, irritada, percebendo que seu coração batia, com fúria, ainda mais rápido do que quando ela estava a caminho de lá.

Sem que ela percebesse exatamente quando, uma névoa pairou sobre sua mente, não aquela névoa desejada, que faz flutuar, de deriva e autoesquecimento, mas um esquecimento qualquer, uma confusão, como se sua mente se revoltasse e a abandonasse para realizar antes dela aquilo que ela planejara há algum tempo, parar com aqueles encontros insípidos que não lhe ofereciam quase nada, somente preenchiam um espaço, como uma serragem, por conta de uma decisão arbitrária cuja justificativa ela já esquecera, e ela já não se lembrava há quanto tempo ela estava lá, há dez minutos ou uma hora, e onde ficava esse apartamento, talvez em Ramat Gan, talvez não, e como se chamava o rapaz, isto é, qual o nome que ele havia dito a ela, e que certamente não era o seu nome verdadeiro, e como ela se chamava dessa vez, Hilá, Elá, Alona ou o quê, ao menos seu próprio nome ela deveria saber, e como era esse cara: no quarto escurecido, para se proteger da luz da tarde, ela não conseguia ver os traços do rosto dele e não se lembrava da foto do *chat* e da rápida permanência na sala, que antecedeu a ida para o quarto. Ela podia agora escolher muitas e estranhas posições, mas jamais poderia segurar o rosto dele, aproximá-lo e observá-lo com atenção. Ela nem recordava se chegara a gozar, parecia que sim, mas tão rápido e superficialmente que não tinha muita certeza, ele, em contrapartida, ainda não, e agora ela tentava apressar o final tão desejado sem demonstrar impaciência, mas não se lembrava o que o excitaria, a perversão de um interferia na preferência do outro e ela já não conseguia, de modo algum, distingui-las.

Quando finalmente saiu do apartamento, depois de se vestir, do beijo rápido ao lado da porta — era possível ver que ele era esbelto e bronzeado, com cabelos negros escovinha, não muito mais alto do que ela, e seu nome era Ben — e da promessa de que ligaria para ele em breve, ela pegou o celular do bolso do casaco que estava na sala até agora, deu uma olhada nele e estarreceu na escada. Três ligações do jardim de infância. Do quarto ela não o escutou tocar, e uma mensagem de Silvia: "Noam subiu na escada do escorregador e um outro menino que tinha subido antes dele levantou o pé para trás e o atingiu na boca. Sem querer", Silvia enfatizou. Eli começou a correr.

Ele esperava por ela na entrada do jardim, sentado ao lado de Abigail, a auxiliar bonita, sua mão na dela. Na outra mão, encostada no lábio inferior inchado, ele segurava uma pedra de gelo enrolada em um guardanapo manchado de sangue coagulado, e em suas faces havia trilhas de lágrimas secas. Gotas de água escapavam do guardanapo, molhando a camiseta dele. Ao envolvê-lo, com o coração batendo rápido devido à corrida e à culpa, ele se pôs a chorar em silêncio novamente. Ocorreu que Abigail, a Bela Adormecida, era enfermeira formada, e na hora do acidente, despertou de sua sonolência eterna, cuidou dele e o tranquilizou. Por sorte, o ferimento não era sério e os dentes não foram afetados.

Eli perguntou a Silvia como isso havia acontecido. Esta respondeu com firmeza que era assim, "essas coisas acontecem mesmo", Noam subiu rápido e próximo demais do menino que estava na frente e, então, sem querer. Eli não queria se demorar e, além do mais, nem sabia o que dizer — prestem atenção? cuidem? A vergonha que a inundou e a raiva ardente de si mesma não a deixavam sentir raiva de mais ninguém. Foi ela quem o abandonou, e para quê? Se pudesse, daria um chute em si mesma. Pegou Noam e foi embora. No caminho para casa, de vez em quando, se ajoelhava diante dele para examinar de novo os seus lábios e abraçá-lo.

— Esse escorregador é um pouco perigoso, é preciso cuidado, não é? — ela disse baixinho para ele.

Noam não respondeu, e ela sabia que estava mentindo para ambos.

Na verdade, não tenho nada para te dizer hoje

Ok. Esses momentos fazem parte do processo de terapia.

....

Aconteceu alguma coisa especial hoje?

(Ela balança a cabeça impaciente, como se ele pudesse vê-la. Passaram-se cinco dias desde o evento do escorregador, o inchaço nos lábios de Noam diminuiu quase completamente.)

Não, o que deveria ter acontecido?

Um dia totalmente normal

Acordei de manhã e fiz os mesmos movimentos e afazeres de todos os dias

E contei ao meu filho as mesmas mentiras

Para jogar ele no jardim de infância

Para que ele não atrapalhe minha ida ao trabalho nojento que me paga o suficiente para que eu possa pagar o jardim

Algum problema no jardim de infância?

Depende do que você chama de problema

Não aconteceu nada fora do comum

Se o menino volta um pouco machucado

Ou se ele fica só um pouco triste de manhã

Ou um pouco tenso antes de
obrigarem ele a entrar no jardim

Suponho que isso não significa
um problema, não?

É isso que devemos esperar e temos
que agradecer por ficar nisso

....

Ou seja, você gostaria de tentar uma educação domiciliar, por exemplo?

Não!

(Ela sente um impulso louco de pegar a tela com as duas mãos e sacudi-la.)

Não posso esconder ele em casa a vida toda

Gostaria, por exemplo, de um
pouco menos de maldade

E que ela não ficasse à espreita
logo atrás da porta

Ou, ao menos, que não começasse tão cedo

Que ao menos as crianças
pequenas ficassem livres dela

.....

Entendo.

Claro que você entende

Como assim?

Você vai entender tudo

Até os maiores horrores

Para isso você está aqui

Você faz parte do sistema

Qual sistema?

O que possibilita a todo esse
rolo compressor continuar
atropelando tranquilamente

Ainda que uma parte dentro de nós grite
alto que algo está totalmente distorcido

Que é preciso parar o carrossel
fodido e descer

Pois é impossível que deva ser assim —

Você, vocês estão aqui para silenciar isso

....

Eu estou aqui para silenciar? Como?

Não se preocupe

Não me tornei paranoica

Não é que você trabalhe para
forças do mal ou algo assim

Mas na verdade, no final, esse é o resultado

Vocês não nos ajudam a
corrigir a deformação

Pelo contrário

Vocês nos anestesiam para que
possamos aguentá-la mais facilmente

Nossa intenção aqui, absolutamente, não é de anestesiar. A ideia, antes de tudo, é entender e enxergar.

Sim

Ficar horas ou anos entendendo,
entendendo e entendendo

Remexer nos traumas antigos enquanto
algo está pegando fogo agora, hoje

E me dizer —

Desculpe, não é me dizer. É mais
sofisticado do que isso —

Fazer com que eu mesma chegue à
conclusão de que tudo está bem

Que não é minha culpa

Pois eu sofri e fui ferida e
para mim é muito difícil

E eu não fiz nada de mal e todos
fazem a mesma coisa e não tem jeito
e afinal eu faço o meu melhor

E eu fico aqui ruminando ao invés de
romper o círculo e proteger meu filho

Cumprir minha obrigação que é cuidar dele

**Um dos objetivos da terapia é fornecer
a você força para cumprir aquilo que
você enxerga como sua obrigação**

"O que eu enxergo"

Porque é subjetivo, certo?

Porque não existe uma
obrigação humana dessas

Porque isso não é o que toda
mãe deve ao seu filho

Tudo é relativo… e condicional… e perdoável

(Ela digita com tanta raiva que teme que os golpes no teclado acordem Noam.)

Não te parece uma loucura eu me ocupar
com todo tipo de rapazes que nem me
interessam, ao invés de cuidar do meu filho?

Mas não

Aqui está tudo certo e tudo é compreensível

**Também o que não está certo é possível
de ser compreendido, entendimento não é
necessariamente a aprovação ou o correto.**

Escute, doutor Rubin

Não há nenhuma ligação entre o
que nós tagarelamos aqui e o que
é para mim urgente de verdade

Agradeço muito por tudo

**Ayala, ainda temos quase vinte
minutos até o final do nosso encontro,**

é importante aproveitarmos esses minutos para esclarecer esse ponto.

Para mim isso parece absolutamente
sem importância

E não me chamo Ayala

Adeus

Naquela noite, ela bateu novamente com a cabeça na porta do sono, sem conseguir entrar. Cerrou os olhos e se lembrou dos olhos enfraquecidos de seu pai. Fechou-os e viu a última mirada que Noam lhe dirigia cada manhã, antes de Silvia ou Abigail segurarem sua mão e o puxarem para dentro do jardim de infância. Fechou os olhos com força e lembrou-se, de repente, de um momento naquela semana, quando ela passou ao lado da sala de Smadar Kerem-Adler e a escutou falando ao telefone: na voz dela havia pânico, até mesmo súplica, um tom completamente desconhecido e preocupante. Lembrou também que nas últimas duas semanas recebera somente duas consultas de escrita comercial, e de uma delas — de uma instrutora do método Kundalini e terapeuta de Reiki, respiratória, de cristais e pedras medicinais, alguém que antes se chamava Meirav e agora Meirav-yah[13] — ela acabou desistindo, ou talvez tivesse sido a própria Meirav-yah que havia desistido, após uma negociação exaustiva e infrutífera. Aquele "Por acaso, você" se transformara em uma maldição que se recusava a calar — *Poracasovocê, Poracasovocê, Poracasovocê* —, como um bando de bruxas cacarejantes, e outras palavras que ela costumava escrever acordavam-se agora para bicá-la: *contenção, fortalecimento, consciência, evolução.* "Quem tagarela de dia, mesmo que seja para seu sustento — ela pensou —, é perturbado pela tagarelice à noite no seu sono. E dormindo ou não, é preciso sobreviver. Todo mundo precisa, e eu também." Ela se perguntou se Alex, o vizinho, tocaria essa noite e lamentou não poder ouvi-lo ali do quarto, como um farol que sinaliza no meio do oceano, testemunha da existência de um continente habitado. No silêncio da uma da madrugada, na escuridão opressiva do quarto pequeno, sem nada que limitasse o olhar da imaginação, ela enxergava como a casa ia encolhendo com Noam e ela dentro, até eles se apertarem juntinhos em um só quarto pequeno. Ela se lembrou

13. Yah, forma abreviada de Yahweh, é um dos nomes de Deus. Adicioná-la ao nome sugere que o portador do nome experimentou a iluminação. (N. da T.)

como, quando grávida, conversava com ele, acariciava a barriga e sentia que o bebê lhe retribuía a carícia no interior. Como tudo se tornara tão difícil e por que ela tinha a sensação, quase a certeza, de que se tornaria ainda pior e mais devastador do que isso? Mas ela não tinha a mínima ideia de como se proteger antes e evitar, assim, o mal.

Ela tateou o interruptor e acendeu o abajur, pegou o primeiro livro da pilha e abriu onde estava o marcador desenhado que Noam tinha feito no jardim. Ela reprimiu o impulso de ir vê-lo dormindo e começou a ler, esperando o momento em que seus olhos seriam obrigados a se fechar e o livro cairia.

O dia estava sombrio e nublado, "bem adequado" — ela pensou. No ar, um cheiro como o de um pano de chão úmido esquecido dentro de um armário sem ventilação. Ela não ousou ir à escola, pois costumavam colocar os aniversariantes no quadro de avisos: ela não conseguiria fingir que ninguém sabia e que a indiferença era a mesma que a envolvia todos os dias. Além do mais, Eden seria capaz de levar balões para ela, e eles arderiam sobre sua a cabeça todo o dia, como uma desgraça.

Alex-história ligou ao meio-dia para cumprimentá-la e perguntar o que estava acontecendo. "Resfriado", ela disse. Ele hesitou por um momento e depois lhe desejou uma rápida recuperação e novamente um feliz aniversário. Depois daquela pequena cena que ela fizera, sem querer, na aula sobre Camus, por um momento pareceu-lhe que algo havia mudado. Como se ela tivesse surgido das sombras, de repente, a enxergaram, se lembraram dela. Ela recebeu alguns olhares de apreciação que despertaram um calor surpreendente nela, mas isso não durou mais do que dois ou três dias, uma única vírgula dentro de uma longa frase. Ela foi novamente esquecida e tudo voltou ao seu lugar, ela para o seu canto, os olhares para qualquer outra direção exceto a dela, e justamente essa breve exceção à rotina vazia e tediosa trouxe-lhe a certeza de que nada iria mudar. Da sua última viagem, seu pai lhe trouxera uma edição artística dos contos de Andersen, cada conto ilustrado por um artista diferente, quase todos completamente diferentes do que havia imaginado quando lera esses contos na sua infância. A ilustração em preto, branco e vermelho da *Pequena vendedora de fósforos* encantou-lhe especialmente, agora que ela conhecia tão bem a falsidade e a fragilidade da breve chama, aquele pequeno fogo que nunca sobreviveria na neve.

De tarde ela se encontrou com Eden para tomarem um chocolate quente na sorveteria delas. Ela lhe trouxe mesmo um maço de balões rosas e lilases — na rua, no entanto, o dano não era tão grave quanto na escola —, um lenço azulado e um chocolate.

"É possível — pensou Sivan — dividir a humanidade também pela forma de comer chocolate: há aqueles que o deixam derreter devagar dentro da boca e aqueles que mordem e mastigam." Ela era uma que engolia ansiosamente, quase sem sentir a doçura.

"Então o que tivemos?" ela contou com os dedos de sua mente enquanto escutava o relatório de Eden sobre o dia letivo que ela se poupou: um telefonema do professor de história e substituto da professora, que marcou um pequeno ✓ e passou para o próximo aluno. A fiel, doce e bobona Eden. Balões e açúcar. E ainda lhe aguardava um jantar em um restaurante com os pais, que ela desejava dispensar, apesar de saber bem que era impossível. Esse dia era uma série de armadilhas ridículas e sem saída. O que ela lhes responderia quando perguntassem, sem saber o quanto a feriam, com quem ela festejara e quais presentes recebera? Esse amor desvalido deles, sua preocupação destrutiva. Ela tinha a sensação de que seu pai pressentia algo, percebia o seu olhar observador, disfarçando a apreensão com um sorriso encorajador. Tentando assegurar-lhe sem palavras que tudo ficaria bem. Sua mãe talvez ainda não tivesse percebido, ela parecia perturbada com outra coisa que não era Sivan. Nada era mais importante do que esconder deles — como ela poderia carregar sobre seus ombros ainda o pesar e as ansiedades deles? —, e nada era mais exaustivo do que o esforço eterno de esconder. Se ela apenas pudesse se enfiar na cama, dentro de um livro. Dentro da pequena chama.

Após ter se despedido de Eden, ela entrou em uma loja de brinquedos e artigos de papelaria, escolheu das prateleiras algumas coisinhas, quase sem olhar, e pediu ao caixa para embalar em papel de presente. "Só falta escrever para mim mesma votos de felicidade e me levantar de uma cadeira" — ela pensou enquanto saía da loja. Na rua que escurecia, com os balões, presentes e echarpe que pinicava seu pescoço, sentiu a coisa insistente que surgira nela no verão — aquela perturbação, o grande repúdio — emergindo do diafragma à garganta e se fortalecendo à medida que ela enfraquecia. Sinais bons e ruins ela quase deixou de contar, ela já sabia a média de antemão.

Em casa, se lembrou que, entre outras coisas, comprara um pequeno caderno com capa de tecido e uma caneta anexada nele. Ela o abriu e escreveu na primeira página: *Eu já não preciso de alguém — nem pai/mãe nem professor nem amiga — que me ame. Eu só preciso de alguém que me ajude a carregar esta montanha.*

Ela? Você está aí?

....

Ela, Ela, quando vou te lamber?

....

Só queria que soubesse que eu estou acordado, no caso de você estar se perguntando :)

Eles queriam surpreendê-la e celebrar seu aniversário em um restaurante no 49° andar da Torre Azrieli, mas naquele dia ele estava fechado para um evento privado — "um dia você será bastante importante para que fechem um restaurante para você", seu pai tentou brincar —, e então se contentaram com um restaurante italiano no terceiro andar. Seu pai não abriu mão, gostava de dizer que se ele se impressionasse com todos os nãos, ainda seria um arquiteto aprendiz completamente solteiro e, após pedirem os pratos, focaccia e antepasto para os três, salada verde para a mãe, ravióli de alcachofra para ela e uma tilápia ao forno para o pai, ele a levou ao mirante no último andar. Sua mãe pretendia subir com eles, mas recebeu um telefonema repentino do trabalho, pela expressão de seu rosto, ultimamente havia muitos problemas que a perseguiam noite adentro, e, com um sorriso doído, ela acenou para que eles subissem sem ela.

Olharam para o leste no início, e tentaram localizar seu prédio em Guivatayim, depois caminharam lentamente ao longo das janelas do mirante circular e contemplaram Tel Aviv. Era uma noite azul, fria e clara, e a cidade brilhava intensamente de horizonte a horizonte, murmurando, concentrada e ocupada consigo mesma, como se não existisse um mundo além dela. Os carros na marginal lançavam-se adiante e arrastavam atrás de si fitas de luz vermelha e branca, e duzentos metros abaixo, como um grande verme, um trem entrava na estação. Olhar para baixo fez com que Sivan sentisse uma tontura que ameaçou se transformar em náusea, como se diante dela se descortinasse a visão proibida do fundo de algo repugnante, e ela desviou os olhos para bem longe, tentando ver o mar escuro atrás dos prédios altos. O pai falava ao seu lado e ela o ouvia vagamente, parecia-lhe que ele estava explicando a vista, algo relacionado ao planejamento urbano ou à falta dele, talvez no início ele realmente falasse sobre isso, mas agora ela percebia que ele estava lhe contando algo aparentemente sobre sua infância, algo que de alguma forma se conectava com o aniversário dela, uma pista, uma orientação ou um encorajamento, camuflados em uma lembrança de infância. Ela concordava, de vez em quando, sem tirar o olhar da noite redonda e sem verdade. De repente, sentiu pena dele. Em sua imaginação, ele a apertava em um abraço, sem perceber que ela nem estava ali e ele abraçava apenas o ar. Ela queria estender as mãos para ele e dizer-lhe, "obrigada, pai, mas não tenho o que fazer com isso". Se ele percebeu, não demostrou.

— Bem, você fala e fala — sorriu para ela. — Vamos descer, uma vista urbana sempre me deixa com fome.

Se não tivesse substituído Amit não teria dado aula na sexta feira, e não teria ido ao café do colégio, ao invés de partir de casa, como de costume toda sexta-feira, e por isso não teria passado pela primeira vez em frente àquele pátio e não teria visto o que viu.

Depois, na calçada da cafeteria, uma pilha de jornais não folheados sobre sua mesa, bebeu goles muito pequenos e o grito que não dera, preso em sua garganta. De repente, em um impulso que nem mesmo ele entendeu, se dirigiu às duas moças elegantes que estavam na mesa ao lado e pediu um cigarro para a que estava mais próxima dele. A chama e a ponta do cigarro encontraram-se somente na terceira tentativa, ele já perdera a habilidade. Mesmo depois, ao tentar fumar, sentiu-se ridículo, como se quisesse se passar por alguém que não era. Ele não fumou mais desde o exército, e o cigarro nem o acalmou nem o fez esquecer. Depois de uma tragada, quis se livrar dele, mas as garotas estavam muito perto e o viam. Sem opção, tornou a levar o cigarro à boca, e sua mão ficou pendurada no ar: do outro lado da calçada, Eli e Noam passaram. Eles não o viram. O menino começou a dizer alguma coisa e ela, com um gesto que ele já tinha visto e que sempre apertava sua garganta, se ajoelhou para ouvi-lo de perto, a cabeça inclinada na direção dele, com a mão livre da bolsa abraçando o seu ombro. Outros pais, ele percebeu, apenas se curvavam um pouco. Noam está lhe contando agora? Isso o libera da obrigação? Não: ela o recompensou com um de seus sorrisos iluminados reservados somente a ele, esfregou o nariz na face dele e se endireitou novamente. Ele não lhe contou. Eles continuaram a andar através de seus óculos embaçados.

"Guivatayim — Alex pensou —, a única variação na sua monotonia é a crueldade."

De noite, a música da semana irrompeu através da parede, executada quase perfeitamente, antes de ser trocada no dia seguinte:

I will lay me down
in a bunker underground
I won't let this happen to my children
meet the real world coming out of your shell[14]

A música parou de repente e, após um minuto, ela escutou uma batida na porta. Alex preenchia, como sempre, toda a entrada, da soleira ao batente, mas desta vez havia uma aflição em seu rosto, e ele disse:

— Eli, preciso contar uma coisa para você.

---

14. "Eu me deitarei/ em um bunker subterrâneo/ não deixarei que isso aconteça com minhas crianças/ encontre o mundo real saindo de sua concha." Trecho da música *I will* (Eu vou), do grupo britânico de rock alternativo Radiohead.

Somente o menino e a gata dormiram naquela noite no terceiro andar. Os dois adultos andavam ao redor de seus apartamentos pequenos e idênticos, como em um dueto que atravessasse a parede. Para onde quer que Alex dirigisse o olhar, via a mesma imagem — a cerca gradeada e os arbustos junto a ela, que, devido à altura dele, não impediam que ele enxergasse o pátio do jardim de infância, e o movimento atípico, intenso demais, que acontecia ali dentro, atraiu o seu olhar: dois meninos chutando um outro, caído aos seus pés na areia, suas mãos escondendo o rosto. Um de cada vez, o chutavam em sincronia, metodicamente, sem pressa, quase com calma, como se estivessem passando uma bola. Alex ficou petrificado. Como em um pesadelo, quis gritar e a voz não saía. Então, de repente, os dois perderam o interesse e se foram, e Noam sentou-se lentamente limpando a areia do rosto com a mão em um movimento que parecia corriqueiro, sem novidade, um movimento que Alex sabia que jamais esqueceria.

Ele não conseguia voltar a tocar. Pensou que, conhecendo bem essa arena cruel, deveria saber de antemão e alertar. O menino suave caído na areia, encolhido em si mesmo, empurrado a cada chute sem nada poder fazer, apenas suas mãos protegendo a cabeça, ficara gravado em sua retina. Lembrou-se que naquele instante em que viu o rosto do menino chutado, ele não foi tomado pela surpresa, mas pelo terror do pesadelo que se concretizava.

Nos seus anos de jardim e de escola, ele vira e sofrera vários golpes, eram a parte incômoda, mas inevitável da rotina infantil, assim como o resfriado, o tédio, a prova surpresa ou a repreensão humilhante, coisas que ninguém duvida na existência. Desde que ele se conhecia por gente, sabia que há os que batem e os que apanham, e como menino desajeitado, gordinho, de óculos, fazia sempre parte do segundo grupo, isso também era óbvio e inevitável. Com o tempo entendeu que ele não teria escolhido ser do outro grupo, ainda que pudesse, e entendeu também o quanto era perversa a existência com a qual, como todos, se acostumara.

Quão distorcido pode ser aquilo que chamamos de natural ou destino. À medida que foi crescendo, diminuíam as surras que levava, como se ele tivesse atingido alguma cota. Ele fora um aluno normal, com notas um pouco acima da média, tímido, mas amigável, mantinha-se sempre a uma distância segura das turbulências, em algum lugar à margem do olho do furacão. Em geral, não despertava emoções intensas além de afeição ou indiferença, e mesmo se aqui e ali sofresse rebotes de disputas de força, rapidamente o abandonavam em favor de rivais mais adequados ou de vítimas mais evidentes do que ele. Aos doze anos, começou a crescer e um dia, depois de quase um ano, olhou ao seu redor e percebeu que ele era o garoto mais alto da sua classe e das outras duas classes da série equivalente. A partir daquele instante, sem que precisasse levantar um dedo, ninguém mais tocou nele, bastou que ele se conscientizasse do seu tamanho. Até que na oitava série surgiu um garoto novo.

Diferente dos outros garotos novos que buscam no começo desvendar o sistema de forças para nele abrir caminho e cautelosamente encontrar um lugar de partida para si, esse garoto não tinha nenhuma preocupação com a hierarquia existente, o que ele queria era aterrorizar de imediato. Ele ignorava de tal forma o que havia antes dele chegar, que erroneamente identificou Alex como um líder que deveria ser eliminado. Além disso, desenvolveu um rancor forte contra ele, do tipo de ódio sem causa e explicação, mas que, apesar disso, não é menos violento. Ele não era especialmente forte, mas nele fervilhava uma agressividade reprimida e concentrada, mais amedrontadora do que a força física. Para Alex, ele lembrava um pequeno animal peçonhento, e buscava afastar-se dele o quanto fosse possível. Até que um dia, alguns minutos antes do final do intervalo, mais um minuto e ele poderia ter escapado para a classe, foi capturado pela mão de seu perseguidor. Em alguns instantes, se viu envolvido em uma briga inútil, que não precisou dele para se deflagrar, e sem demora um punho bem direcionado golpeou seu nariz com tal força que seus óculos voaram. A dor era tão forte e incomum, como uma bomba no meio da cara, que Alex desde então não a esqueceu. Seu corpo recordava. A dor e também o susto que o inundou, lançando suas mãos para a frente, para afastar dele o perigo. Assim como o seu agressor, ele também não esperava aquela força imensa reprimida, da qual jamais fizera uso anteriormente. Com o olhar nublado por lágrimas de dor, sem óculos, ele viu, para seu pavor, o garoto caindo para trás e sua cabeça batendo na ponta do degrau da escada — onde ele havia se colocado para alcançar o rosto de Alex. Também o som terrível do encontro da cabeça com o degrau, o sangue escorrendo da têmpora para a face e o rosto estarrecido do jovem não se apagaram de sua memória. No silêncio repentino que se instaurou, alguém levantou os óculos e lhe estendeu. O que aconteceu depois ele não se lembra, sua lembrança calou-se no instante em que seus olhos voltaram a enxergar.

A próxima coisa que ele lembrava era a reunião no dia seguinte ao lado de sua mãe na sala da diretora. A dor de seu rosto já passara e fora substituída pela dor de seu isolamento, o qual ele conseguira esconder até aquele soco que o expôs a todos e também à sua mãe. Com alívio, souberam que o aluno novo não se ferira seriamente, mas isso não tornou o castigo mais leve: a diretora anunciou sua expulsão imediata da escola. Irina não pareceu muito impressionada. Mediu a diretora com seu olhar antes de lhe dizer calmamente, em voz baixa, obrigando a outra a se curvar sobre a mesa para ouvi-la:

— Então um minuto por favor, deixe-me entender. Há um garoto vândalo que já bateu em metade da classe, ou talvez em metade da sua série. E outro garoto bom que nunca, nunca levantou a mão para ninguém, aquele o ataca de repente, e você decide o quê? Expulsar o garoto bom — um minuto de silêncio, longo suficiente para amornar o embaraço, curto para que a diretora conseguisse desfilar uma palavra. — Esta é a... lição (ela não sabia como dizer "mensagem", mas isto não a desencorajou nem um pouquinho) mais educativa que você consegue pensar?

Ao saírem da escola, ela se endireitou para olhá-lo nos olhos, por cima de seu nariz ainda inchado.

— Sacha — ela disse —, sei que esse anão recebeu exatamente o que mereceu. Mas não faça mais isso. Isso não é.... — levantou os olhos para o céu por um instante — respeitável.

Ele não esqueceu o nome daquele menino, Guil Ben-David, e nem sua cara, e apesar disso sabia que nada daquilo que sentira então se assemelhava ao pesar e terror que o invadiram quando viu Noam na areia. Ele se perguntou se Noam também, assim como ele, se lembraria para sempre dos seus dois torturadores.

Depois da meia-noite, começou a chover. Ele se pôs em frente à janela da pequena varanda que fora transformada em escritório e olhou de lado para as gotas que cortavam o feixe de luz laranja do poste da rua e o lavavam com seu ruído especial, silenciando todos os outros ruídos, exceto os pensamentos. Cada um dos pensamentos terminava na mesma conclusão, poderia ter defendido e não defendera, e, toda vez que chegava nela, chacoalhava a cabeça. A chuva se transformou em tempestade, batendo furiosamente no telhado e ribombando nas janelas, e Eli, deitada na cama de olhos abertos, levantou-se e foi pela quarta vez naquela noite até o quarto de Noam. Ele estava deitado de costas, punhos cerrados sob o queixo, sua respiração pesada preenchia o quarto. Ursinho estava como uma sentinela ao lado de sua cabeça, Coelhinho estava caído no chão. Ela se inclinou sobre ele, tocando seu cabelo com a ponta dos dedos, e roçou suas faces quentes com os lábios. Atrás da cortina e da persiana, a chuva martelava no vidro, e ela se ajoelhou observando o rosto dele com atenção.

Depois se levantou e voltou para a cama. Como ela faria para que ele tivesse um sábado invernal agradável no dia seguinte, se ela não dormisse essa noite? Mas como anestesiar essa chama de dor? Alex descrevera o que vira com uma voz abafada, em poucas palavras, mas ela viu tudo imediatamente, ouviu de perto os chutes, sentiu o gosto de areia em sua boca, e sabia que, na verdade, temia o tempo todo por isso. Tinha esperança de que não, mas sabia que seria inevitável.

Ela se virou para o lado, abraçou os joelhos e tentou buscar lembranças de sua mãe. Não as antigas, da infância, que já se tornaram histórias repetidamente contadas, lembranças que já não sabia se eram fiéis a elas mesmas ou às coisas que aconteceram — porque a vida se apressa em fechar o pequeno abismo aberto pela morte, ao ponto que é difícil distinguir entre a concretude e a ficção destinada a suavizar e a consolar —, mas aquelas últimas, instantes antes de sua partida, que ainda conservavam sua voz, o verdadeiro toque de sua mão e, às vezes, quando ela se esforçava muito, até o seu cheiro. Sempre aos domingos, bem cedo, antes de Eli voltar para o exército, ela a acordava com ternura, com um afago suave, como um sopro em seu rosto (seu pai acendia a luz no quarto dela e saía, deixando-a sozinha e atordoada às graças do despertar), sussurrando "bom dia, minha linda". Ela bem sabia que a cantiga de despertar era muito mais importante do que a canção de ninar. Depois, quando ela se sentava tremendo no ponto de ônibus debaixo de sua casa, a semana que nem bem começava já pesando sobre seu corpo, sabia que se levantasse os olhos veria a sua mãe de pé na janela, na luz fraca da manhã, sem tirar os olhos dela até que subisse no ônibus, e em sua sacola sanduíches, cada qual como uma pequena obra-prima complexa, embrulhada como um presente. A leve irritação no seu alô que se transformava em alegria no instante em que ela escutava que era Eli, como sua voz se alegrava e resplandecia naquele instante. A imagem da mãe sentada ereta no ponto de ônibus toda quinta-feira à noite, como uma reverberação de Eli sentada no ponto aos domingos, aguardando a filha, porque a ansiedade a impedia de aguardá-la em casa. Depois, contudo, tentava resgatar lembranças mais antigas, da infância, encontrar em sua mãe de então uma resposta para a questão que agora a impedia de dormir.

Eli pegou no sono, exausta. Noam, adormecido, tateou procurando Ursinho e o puxou para si. Alex, deitado, mãos na nuca, escutava a água correndo pelas calhas.

No dia seguinte, no final da tarde, uma batida na porta o fez pular da cadeira. Ele já reconhecia, era dela, não dele. Ali estavam os dois, ela carregando o menino montado em seu quadril, a cabeça dele deitada no ombro dela.

— Olá, você tem um termômetro? O nosso desapareceu desde que nos mudamos para cá.

Ele olhou para Noam que o fitava com o rosto ruborizado.

— Sim, mas tenho que procurá-lo. Levarei para vocês em alguns minutos, ok?

Ele jamais tivera um termômetro. Quando eles foram embora, ele pegou o capacete, se esgueirou pelas escadas e fechou a porta sem fazer barulho, desceu e levou a Vespa em silêncio até a rua. A uma certa distância do prédio ele a ligou e foi até a farmácia da Avenida Ha-Shalom. Por sorte, ela estava aberta no sábado à noite. Ao voltar para casa, tirou o preço e, antes de bater na porta deles, amassou um pouco a caixa do termômetro, para que parecesse usado. Tudo isso levou vinte minutos, incluindo o amassar da embalagem e a normalização da respiração, e, como se tivesse cometido um crime perfeito, ele se sentiu muito satisfeito.

Noam estava deitado do lado dele no sofá, com a mão debaixo do rosto. Alex lembrou-se de novo, contra sua vontade, como ele na véspera estava deitado na areia com as mãos protegendo a cabeça. "Basta que uma criança saia de sua casa para ficar vulnerável a tudo" — pensou. Eli agradeceu-lhe e, para sua surpresa, se afastou e abriu espaço para que ele entrasse antes de fechar a porta e se dirigir até Noam com o termômetro. Alex sentou-se na ponta da cadeira e os dois esperaram um minuto, até que Eli tirasse o termômetro da boca do menino e o observasse.

— 38,9 — ela disse. — Amanhã não tem jardim para ele —adicionou, e os três ponderaram acerca do veredito.

— Então amanhã você não irá trabalhar?

Apoiada na mesa ela mordia os lábios. "Domingo. Minha chefe vai enlouquecer." Alex percebeu que o rosto dela estava cansado e mais pálido do que nunca.

—Eu tenho uma baby-sitter, mas ela é aluna do colegial.

Noam dirigiu para ele o olhar de mel, que agora brilhava devido à febre, e permaneceu assim. Alex respirou fundo.

— Ouça — ele disse —, eu posso ficar com ele. Amanhã haverá um passeio da minha turma, então eu não preciso dar aula, terei o dia livre.

— Alex — pela primeira vez ela disse o seu nome, surpresa, repreendendo-se, quase chocada. — Eu não posso pedir uma coisa dessas para você, é totalmente absur...

— Não, de verdade — ele se apressou. O delito contra eles não era claro, mas a necessidade de se redimir era firme e forte. — Isso não é nenhum problema. Ao invés de corrigir as provas em casa, vou corrigir na casa de vocês. A luz aqui é melhor — acrescentou, sabendo que não receberia nenhum sorriso.

Ela lançou-lhe um longo olhar penetrante. Ele o sentiu penetrando até a sua infância e voltando, avaliando suas culpas e seus tombos, seus erros e também suas alegrias, sua força e sua bondade. Assim como ela fizera quando ele entrou no apartamento, ele se afastou da porta para si mesmo para que ela entrasse, e não escondeu nada. Ele sabia que aparentemente estava oferecendo, mas, na verdade, fazia um grande pedido a ela. Finalmente algo suavizou o olhar dela. Ela se dirigiu a Noam: "Filhote, você quer que o Alex amanhã..." o menino concordou, debilmente, mas com clareza.

De pé, ao lado da porta, eles trocaram baixinho os números de telefone, perguntas e orientações, chá com limão, xarope antitérmico, panos úmidos e frios na testa, se acontecer isso faça aquilo, e se acontecer aquilo faça isso.

Quando já estava para sair ocorreu-lhe:

— Será que ele comeria uma sopa de legumes?

— De você, sim — ela disse com simplicidade, e ele sentiu uma brisa cordial passar em seu rosto. — Mas se você puder de alguma forma triturá-la... — ela acrescentou hesitante —, ele não gosta de comida misturada.

— Misturada?

— Sim, que um alimento toque no outro.

— Ah, sem problema. Vou esmagar a sopa.

De repente, a redenção pareceu simples, ao alcance das mãos.

Em casa, ele escreveu um e-mail para a secretária da escola e para Micaela, a coordenadora da série: febre alta, aparentemente uma gripe, não poderei ir amanhã, desculpe pelo breve incômodo. Três mentiras em uma só noite, sem pestanejar. Ele se surpreendeu — quase sua média anual.

Às vezes Sivan quase ficava surpresa por ninguém a deter durante suas andanças, observar tristemente seu rosto, entender tudo e acolhê-la em um abraço apertado. "Nem que fosse apenas por alguns segundos e pronto — pensava —, apoiar-se, descansar e depois prosseguir." Nas calçadas, entre todos os casais, grupos e fios de conversas, ela sentia ser o único distúrbio, alguém que tinha entrado em um lugar errado e não se lembrava onde ficava a saída.

Mas havia, ainda que raramente, aqueles momentos em que as nuvens se abrem, espalhando-se para os lados, rasgando uma janela azul, e um feixe de luz brilhante, daqueles que aparecem somente no inverno, irrompem caindo sobre os altos eucaliptos cujos galhos brilhantes se movimentam como que insinuando que tudo ficará bem. E, mesmo que não fique, não será um horror. Pois ainda existem muitos espaços para ocupar entre o bem e o horrível. E eles se curvam sobre ela como se fossem a personificação do tempo, comprovando o tamanho e o peso do mundo em contraste com a sua pequenez, e então seu desânimo também se apequena, retirando-se envergonhado. Reina o silêncio, uma pausa entre os ruídos, e, de repente, ela escuta os passarinhos conversando entre si, ao que parece eles estão sempre na cidade, mesmo quando não são ouvidos, e folhas secas rolam no chão, e um sono sossegado como o de um rio é ouvido, e ela parece escutar o murmúrio das nuvens deslizando de volta ao encontro uma da outra, como duas cortinas fechando a janela do céu, ocultando a luz atrás de si, e os eucaliptos voltam a ser simples árvores negligenciadas, acinzentadas, e ela volta a ser ela.

— Onde está Noam? — Silvia se admirou.

— Ele está doente. Precisamos conversar. Não, *eu* preciso falar com você.

O semblante da professora ficou tenso.

— Bem, agora não posso, marque um horário no meu plantão.

Eli deu um passo na direção dela.

— Sim, agora. Podemos ir até a cozinha ou você prefere conversar aqui mesmo, na frente de todos? Para mim tanto faz.

Silvia a encarou e, sem dizer nada, dirigiu-se à cozinha. Eli foi atrás dela e aguardou que ela se virasse.

— Noam é constantemente agredido aqui — ela não conseguiu dizer "espancado".

— Como é que você sabe? — Silvia perguntou, entendendo imediatamente o que acabava de dizer, e Eli viu um lampejo de susto e ódio em seus olhos. Ela se calou e a observou. Ela também batalhava e suportava como todos. Com as pequenas artimanhas, as concessões diárias, fingindo não ver. A professora respirou fundo e disse num tom de "vou te explicar devagar, talvez você consiga entender":

— Veja, às vezes entre as crianças acontecem interações que...

Eli se surpreendeu com a força da raiva e da dor que a inundaram. Ela foi obrigada a se apoiar no mármore da pia. Em que Noam pensava enquanto estava deitado no chão, sendo repetidamente chutado, sem que ninguém viesse interromper? Será que disse alguma coisa? Suplicou que parassem? Talvez tenha chamado por ela. Talvez ele não ousara emitir qualquer som, e a tivesse chamado em seu coração. Ela teve dificuldade de falar, porque sua respiração estava entrecortada.

— Silvia — ela disse quase em um sussurro, e a outra se calou —, estou atrasada para o meu trabalho e você está desperdiçando o meu tempo. Meu filho sofre violência no seu jardim, você sabe e permite que isso continue sem me contar. — Ela não sabia mais o que dizer, tudo lhe parecia tão claro a ponto de paralisá-la. Ela quis fugir, e lembrou-se de que ali, ela deixava Noam, diariamente. — Se você não percebe o quanto é grave, pelo jeito terei que notificar a prefeitura. Por enquanto, no minuto em que ele voltar para o jardim, você vai cuidar para que ninguém o toque.

Apesar do atraso, ela não conseguia apertar o passo em direção à editora. Seus pés pesavam muito e ela ainda não conseguia respirar. Sentia que algo precisava ter sido feito de outra maneira, mas não sabia o quê e nem como, ou onde estaria o erro. Pelo jeito, desde o princípio, tudo estava errado e retorcido. O erro antecede a tudo, não deveríamos afastar os filhos de nós enquanto eles são tão pequenos. A cada dia uma nova traição, um novo abandono. Mas temos que, mas não dá, mas é preciso arrancá-los do nosso abrigo para irmos trabalhar e ganhar dinheiro para que seja possível afastá-los. Podemos trocar de jardim, mudar de casa e cidade, ainda assim, não escaparemos. Pois em todo lugar, em toda idade, existirão crianças que batem e esquecem, empurram e dão risada, humilham e são fofos. Os motoristas que agora dirigiam devagar na engarrafada Rua Nakhalat Yitzkhak — quantos deles tinham batido em outros Noams nas suas infâncias? Qual deles teria se arrependido? Sequer lembrado? Ela os observou com repulsão e desespero.

E eu, que toda manhã arranco de mim meu bebê e o deixo numa piscina de piranhas? O pensamento a fez parar diante da vitrine de um salão de beleza tão de repente, que a cabeleireira, ainda sem clientes, notou um movimento brusco no espelho e virou-se para ela, assombrada.

A pilha de provas permanecia conforme ele a deixara, a primeira continuava sendo a primeira e a última continuava sendo a última. Ele não queria perturbar o silêncio que repousava sobre ele, o silêncio que se estabelece quando tudo finalmente desliza para o lugar certo. Noam adormeceu no sofá, ele o cobriu com um lençol e se atreveu, pela primeira vez, a acariciar-lhe os cabelos. Permaneceu alguns minutos curvado sobre ele, observando a delicadeza fascinante do seu rosto. Logo depois, enviou uma mensagem para Eli: "2 quebra-cabeças, 4 livros, 1 prato de sopa e também um extra! (Com a ajuda de suborno, mais um livro). 38 de febre. O garoto pediu para avisar que amanhã ele também estará doente". Acrescentou ☺, pensou bem, apagou e mandou. Eli respondeu um minuto depois: "Obrigada!! Volto 4 e meia".

Ele devolveu os livros de Noam à prateleira e novamente sentiu o choque do contraste entre a fartura de cores compactadas em seu pequeno quarto e a sobriedade do resto do apartamento. Ele foi até o quarto dela, uma distância de dois passos, hesitou um instante diante da porta e a empurrou. Acendeu a luz, e esta o ofuscou. A mesma austeridade branca, um bulbo desencapado pendendo do teto, uma cama baixa, uma luminária de leitura sobre uma banqueta, um armário no canto, ao lado uma cadeira cheia de roupas, paredes nuas. Por qual pecado ela estaria se punindo?

Quando ela voltou, Noam ainda estava dormindo e sua testa não estava mais quente. Alex contou a ela em voz baixa que entre os quebra-cabeças e os livros, eles também brincaram também de "Gigante egoísta".

— Verdade? — Eli se admirou. — Essa história sempre lhe dá medo.

No começo, Noam e os outros meninos, representados por Ursinho e Coelhinho, se divertiam no jardim, saltando de mãos dadas pela sala estreita, depois de terem conseguido atravessar a muralha das cadeiras e dos cubos, erguida pelo gigante. De repente, o gigante retornou de suas jornadas e vociferou: "Oooo queee vocês estão fazendo no meu jardim, suas crianças atrevidas?" Ursinho e Coelhinho conseguiram escapar para o sofá, fora do alcance do gigante, mas o menino menor de todos ficou preso no jardim e Noam gritou de medo. "Não se preocupe", Alex sussurrou, "logo ele se tornará um gigante bom". E bem lentamente ele se inclinou das alturas sobre o menino assustado e lhe disse: "Menino gentil! Graças a você a primavera voltou para o meu jardim. Que gigante bravo e bobo eu fui!" Ele tentou desenterrar da sua memória a continuação, parecia-lhe ter colocado a carroça na frente dos bois. "Você não consegue subir na árvore?" Noam balançou a cabeça, estendeu os braços impotente e fez uma careta triste. "Vem, garotinho, eu te levanto", disse o gigante bom, pegou o menino e levantou-o até a prateleira mais alta da estante sem largá-lo, e Noam sentou-se e sua risada rolou lá de cima. Depois acrescentaram um epílogo à história, em que o gigante montava o menino em seus ombros e eles cavalgavam ao redor do apartamento em uma dança celebrando a primavera, dando todos os tipos gritos de alegria.

Alex se virou para ir embora. Ela estendeu-lhe a mão e imediatamente ele a segurou entre as suas mãos sem saber o que exatamente os olhos dela refletiam, talvez surpresa.

— Por que você faz isso? — ela finalmente perguntou.

— O quê?

— Tudo isso por nós.

"Porque você é uma heroína e Noam um herói", ele disse em seu coração, mas somente deu de ombros, embaraçado como quem não tem escolha e não tem palavras.

Ela combinou de fazer o trabalho de geometria com Eden, e como terminou a aula uma hora antes dela, sentou-se no banco do parque próximo à escola para esperá-la. O parque estava quase vazio. Uma muralha de nuvens escuras se erguera por trás das copas das árvores, como um arranha-céu construído pela metade, o ar estava denso, ameaçando chuva, e todos os verdes acinzentados foram coloridos por um verde tóxico sombrio. Nos balanços em frente ao seu banco havia somente uma mãe com uma filha e um filho menor, ambos loirinhos de olhos escuros, e mais uma menina, certamente de outra família, de olhos azuis, rosto rechonchudo e cachos escuros. Quem sabe uma amiguinha do jardim da filha mais velha? Porém, mesmo sendo da mesma idade, pertenciam a dois mundos diferentes: a loirinha, esguia e longilínea, se via que já era mais focada e perspicaz, de longe mais astuta do que a outra, que ainda era uma criança presa nas teias da ingenuidade. Aquela, a pequena, ficava parada ao lado da amiga loirinha que estava sentada no balanço com uma expressão entediada, um tanto irritada, chamando a mãe: "Mãe, me balança". Mas a mãe, ocupada com o irmão menor, gritou: "Agora eu não posso. Mai, dê impulso com os pés".

— Eu posso ser a sua mãe pequena e você pode ser meu bebê, e eu te balanço — disse a pequena com seus olhos azuis brilhando intensamente e seus cachos saltitantes. Ela não sabia dissimular nada.

— Eu nem sou um bebê — as feições de Mai endureceram.

— Está bem, então você será minha filha e eu te balanço — concordou rapidamente a cacheadinha. Sem olhar para ela, Mai balançou sua juba amarela em negativa.

— Eu posso te balançar bem forte — a pequena não desanimou.

— Mãe! — gritou Mai. — Yaeli está me incomodando.

Sivan ficou tensa. Como se alguém tivesse dado um tapa em sua nuca e a repreendido — acorde.

— Maizinha, você pediu direitinho para ela parar? — gritou a mãe sem virar a cabeça.

Munida de autorização, Mai disse irritada:

— Pare!

Como numa tela de cinema, o rosto de Yaeli refletia tudo, brigavam a vergonha e o desconsolo com o desejo de se aproximar e comprazer que recusavam-se a desaparecer. Ela não sabia nada sobre jogos de poder e amor próprio, sobre pequenos truques de controle, portanto foi totalmente isenta de proteção. A garganta de Sivan secou.

Nesse mesmo instante, uma jovem que até então estava ocupada com o seu celular levantou-se do banco ao lado e se aproximou das meninas com um casaco rosa nas mãos.

—Venha, Yaeli — ela disse —, vamos para casa.

A pequena explodiu em um choro cheio de vergonha e desespero, que a babá não interpretou corretamente.

— Yaeli, o que nós combinamos? — perguntou, repreendendo-a.

Ela a puxou de lado para uma conversa que parecia uma mistura de reprimenda, consolo e negociação unilateral. Passados alguns minutos elas voltaram e a menina, de lágrimas enxutas e envolta no casaco rosa, se aproximou para se despedir de Mai, que continuava sentada irritada no balanço. Yaeli, que ainda não aprendera a guardar rancor, acenou com a mão, se despedindo, bem na frente de seu rosto.

— Amanhã vamos brincar de mãe e filha grande e eu vou te balançar, está bem? — disse Yaeli esperançosa.

Mai virou-se para ela e deu uma resposta não muito clara, talvez algo nela tivesse se amolecido, talvez até concordasse.

— Está bem, não é obrigatório, só se ela quiser — a babá se apressou em dizer, pois além do mais ela estava com pressa. — Tchaau — ela cantarolou.

— Então vamos só brincar — Yaeli tentou, enquanto a jovem a puxava pela mão. Sivan baixou o olhar, mas não pôde deixar de ouvir. — Está bem? — A voz da menina se afastou.

O céu escureceu rapidamente e ela sentiu como se o banco balançasse sob ela. Os anos se esticaram até a borda de seu limite, até que apareceram rachaduras, e a infância começou a se infiltrar por elas e assaltá-la, roupas ásperas de lã quentes demais, comida insípida e sua hostilidade, uma mão pequena envolvida por uma palma de mão grande e o restante do corpo sendo arrastado atrás dela, o tempo intransigente, caprichoso, nele tudo dura demais ou termina antes da hora, jamais no momento certo, é impossível se revoltar ou até mesmo explicar, e, principalmente, essa postura tímida e impotente contra tudo. Nenhuma distância separa ela e aquele tempo, qualquer afastamento daquela menina era ilusão. Não foi sua infância que se apresentou agora à sua frente, mas sim a vida inteira, aquilo que havia sido e aquilo que ela estava pronta para oferecer.

Ela não esperava que isso ainda fosse lhe acontecer, que algo assim ainda ocorreria com ela, pois tanto tempo já se passara desde que ficara órfã, uma lembrança que se estendia quase por metade de sua vida e, apesar disso, de anos em anos surgia, de repente, um momento totalmente esquecido, emergia de dentro dela e a surpreendia como algo caído do céu. Sem entender onde estaria escondido até o momento, sabia que aquilo que ela agora recordava era a coisa em si e não a sua história, não as lembranças que substituíam o que era de verdade, aquelas que ela temia perder quando sua mãe fosse engolida nelas. Ela lembrou-se fisicamente, sentiu seu pequeno corpo debatendo-se com prazer e sendo abraçada por aquele corpo maior do que o seu, quente e macio, pelo cheiro único daquele corpo. Certamente ela era, então, menor do que Noam, dois anos e meio ou três, sua mãe era muito mais jovem do que ela era agora, e o jogo que elas haviam inventado chamava-se "pega-pega de abraços". Ela se afastava para um canto do quarto e de lá corria para a mãe, que estava sentada no tapete, se jogando nela, e a mãe a abraçava com força, caindo com ela para trás, ambas rolando de rir sobre o tapete. Era um jogo somente com vencedoras. De onde foi que ele surgiu e despertou, voltando justo agora e paralisando-a diante do computador, no meio da redação? Ela o executou novamente diante de seus olhos, agora intencionalmente, e desta vez, no instante da colisão aconteceu uma inversão, de repente ela era a mãe abraçando a pequena Elisheva, aspirando profundamente o cheiro de sabão de bebê e esfregando o rosto em seu pequeno ombro, não há pele mais lisa do que essa, no seu riso delicado. Ela se sobressaltou quando ouviu o seu nome. Smadar Kerem-Adler estava na entrada da sala dizendo para ela com uma rara delicadeza: "Eli, você não está me escutando, pedi que viesse um minuto até a minha sala".

Diante da mesa de vidro de Smadar, seu coração bateu forte devido ao esforço feito para se desvencilhar daquela lembrança e voltar para a orfandade e a maturidade, mas principalmente por causa da delicadeza estranha, mau presságio, em sua voz. Smadar colocou as pontas dos dedos na mesa, as mãos juntas, olhando as unhas rosadas.

— Eli — disse ela —, eu... não contei a você e nem a ninguém mais até agora — acrescentou rapidamente —, porque não queria provocar estresse sem necessidade, eu esperava que as coisas se resolveriam por si só, mas... — ela se calou novamente e aquelas hesitações tão estranhas assustavam mais do que todas as suas críticas mordazes — estou em apuros. Nós estamos em apuros. Tive uma conversa com Arnon.

A mente assustada de Eli lembrou só após alguns segundos: Arnon Barel, da Shteirman-Cohen-Barel Comunicações, proprietário do site.

— Os anúncios diminuíram em mais de trinta por cento nos últimos seis meses. Ele sabe que atualmente essa é a situação em todos os lugares etc. etc., mas ontem terminou o ultimato que ele me havia dado, e a verdade é que não posso culpá-lo, ele também recebeu um ultimato.

Por um instante, Eli viu em sua imaginação uma torre humana balançando: ela embaixo, Smadar montada nela, Barel sobre os ombros de Smadar, e sobre os ombros dele, quem? “O Primeiro Ministro”, era o que Noam diria se lhe perguntassem, em um tom inundado de reverência que lhe servia junto a um grupo de palavras cujo significado ele desconhecia, mas que usava, por alguma razão, em momentos em que outras crianças diriam, talvez, “Deus”. Ela empenhou-se para afastar a imagem dele, assim como antes fizera com a lembrança de sua mãe. Não pensar nele, não nesse momento.

— Minhas possibilidades no momento são fechar o site imediatamente ou reduzi-lo de maneira drástica.

Eli sentiu uma fraqueza espalhar-se por seu joelho, os joelhos sempre sentem primeiro.

— Pedi a ele que me deixasse tentar, expliquei que muitas pessoas dependem disso, todos nós temos família. Ele me concedeu mais um mês. O último. Portanto, primeiramente eu vou tirar Noa e Gal do meio período delas e vou transferi-las para a categoria *freelancer*, e as libero para escreverem também para outros sites — ela respirou fundo. — Eu não tenho nenhuma possibilidade de deixar você somente com sua seção, nem tentei sugerir, por eles cancelaríamos a cultura agora, ontem. Então pensei algo assim: Moriá pretendia mesmo sair, você se lembra que ela está indo estudar em Nova York? Então eu posso transferir a seção de design dela para você e aumentar a parte de design de interiores. Trata-se principalmente de um trabalho online, copiar e colar artigos de sites ao redor do mundo, existem infinitos, traduzir, e claro, tomar cuidado com a questão de direitos autorais e créditos. Isso pode gerar muitos acessos e eu espero que também anúncios na página — aqui a voz dela carregou-se de uma energia típica daqueles que tentam inspirar confiança nos outros e em si mesmo. — Você acha isso possível?

Sivan escreveu na caderneta do aniversário:

Metade de mim está aqui, e metade parece que já não.

Para a metade que já não está aqui não é difícil. Ela observa de longe para a metade que ainda está.

A metade que está aqui quer se juntar a ela.

Metade dela queria que a caderneta fosse encontrada e lida. A outra metade a escondia com muito empenho.

Às vezes ela pensava que talvez fosse possível tentar entrar na cama, cobrir a cabeça e aguardar que isso passasse, mas logo entendeu duas coisas: que isso estava sempre com ela, mesmo debaixo do cobertor, e que a paciência dele era maior do que a dela e do que qualquer outra coisa.

Ele se deu conta de que estava vendo um filme sem assistir. Durante a refeição, ele estava tranquilo e bem atento, exatamente como quando entrava em aula, deixando todo o resto do lado de fora da porta da classe, permanecendo ali totalmente presente, e ele sempre gostou das noites na casa de Guy e Maayan. A amizade com Guy restabeleceu-se como que por si após alguns anos de separação, nos mesmos tons de sua cadência anterior durante a universidade, mesmo que Guy tivesse trocado a filosofia pela high-tech e, aparentemente, agora não houvesse entre eles quase nada em comum. Maayan, morena e redonda, cada fala sua precedida por um riso caloroso, foi quem promoveu a renovação do relacionamento e insistiu em manter encontros regulares, uma vez que, segundo ela, Alex era o grande ganho de seu casamento com Guy. Esses jantares, depois que os dois filhos pequenos iam dormir cedo, com bom vinho e uma conversa que fluía naturalmente, eram um prazer sem esforço. Maayan se deleitava com as histórias do tempo da universidade que eram contadas a duas vozes, gostava sobretudo de escutar as aventuras sentimentais desastrosas de Guy — ela não era daquelas que sentiam ciúme retroativo —, e as suas gargalhadas os encorajavam a resgatar daqueles anos coisas que já estavam submersas no esquecimento.

Naquela noite, em torno do salmão grelhado com batatas de Maayan e a salada verde com peras de Alex, falaram sobre o breve romance de Guy com Rona Zaks. Maayan conhecia muito bem a história, mas queria ouvir a versão de Alex sobre a noite em que, após uma corte longa e persistente, Guy conseguira finalmente levar a rainha do gelo ao seu quarto. Alex, então seu companheiro de apartamento, estava na cozinha estudando para uma prova, pulou — ele se lembrava de simplesmente pular da cadeira — ao ouvir um grito aterrorizante, bestial, que irrompeu do quarto em uma voz que não poderia ser de Rona, mas também não parecia a conhecida voz de Guy. Ele se aproximou da porta fechada e ainda estava ali, com a mão no ar, juntando coragem para bater, quando a porta se abriu e Rona Zaks correu apavorada e menos vestida do que quando entrou, gaguejando que Guy provavelmente deslocara o ombro. Alex o levou ao hospital no carro de Rona, que estava histérica demais para dirigir, antes de sair ele mal conseguiu apagar as velas acesas no quarto. Guy, depois daquele grito, só rangia os dentes e gemia de dor, não conseguia falar, e por isso Alex, "o monge silencioso", como era chamado no curso de filosofia, teve que explicar quatro vezes com exatidão e detalhes — na recepção da triagem, para a enfermeira, para a médica de plantão e para o ortopedista que finalmente recolocou o ombro no lugar — a circunstância e a posição em que ocorrera o deslocamento. Maayan chorou de rir. Mas ela não se contentou com isso e, naquela noite, quis ouvir finalmente também alguma aventura de Alex.

— Não há o que contar — Alex se esquivou.

— Ei, pare com isso — disse Maayan.

— Você não entende, querida — disse Guy —, de verdade, não há o que contar.

— O que quer dizer? Isso não existe — ela teimou.

— Veja, meu bem — suspirou Guy —, durante todos os anos em que conheci Alex, nunca o vi cortejar ninguém. Por princípio ou não, esse cara simplesmente não faz isso.

— Por quê?

— Eu não sei. Por ele, isso não faz parte da definição da sua função. Há pessoas tímidas e há Alex Kogan. Ele considera que, se disser meio alô para uma moça, já a estaria cortejando... — ele procurou a palavra — descaradamente. Teme incomodar, ou ser invasivo, ou rejeitado ou sei lá o quê. De qualquer forma, esse assunto não é para ele. Ele não corteja garotas e pronto. Isso sempre me deixou doido — acrescentou de repente, com raiva —, às vezes me dava vontade de sacudi-lo.

— Tudo bem — murmurou Alex —, continuem falando de mim como se eu não estivesse aqui, não se sintam incomodados.

— Quem é que se sente incomodado? — respondeu Guy, e voltou-se para Maayan. — Então nos resta aquelas que o cortejam, certo? Agora, eu e você sabemos, não, me deixe de fora, você sabe que o rapaz é um presente dos deuses para a humanidade, um milagre ambulante de óculos, um achado único que somente uma idiota não correria para pegar.

— Exatamente — disse Mayan com tranquilidade.

— Mas pensa, quantas mulheres ainda entendem isso, quantas são capazes de ver a luz? — ele olhou agora para Alex como que estupefato. — O rapaz não se abre exatamente para o mundo. Então, de vez em quando, contra todas as probabilidades, aparece uma pessoa especial que consegue perceber o tesouro raro que ali se esconde, e que também é corajosa e paciente o bastante para convencê-lo que sim, ela está falando sério — ele suspirou. — E então começa alguma coisa, às vezes legal, eu não digo que não, e continua até que ela se desespere, desista ou simplesmente siga em frente.

— Se desespere do quê? — perguntou Maayan, que escutava atentamente.

— E eu sei? Ninguém me contou. Talvez elas descubram que mesmo quando ele abre a porta, permanece fechado. Que na verdade, ficar só é o que mais ele gosta. Não sei. O que se pode dizer a seu favor é que ele mesmo nunca largou ninguém, ao menos na minha época. Mas às vezes eu tinha a sensação — o ressentimento antigo já diminuíra, agora ele falava quase com pesar — de que ele realmente fica à espera do fim, aceitando-o com alívio.

Depois do jantar eles costumavam passar para a sala para assistir um filme, com chá de ervas para Alex e Maayan e um cálice de conhaque para Guy. Guy certa vez comentou que Maayan jamais fora tão apaixonada por cinema até que descobriu que essa era uma forma excelente de ganhar mais tempo com Alex, e Maayan, rindo, concordou, e disse que era por isso que ela escolhia sempre filmes especialmente longos.

Nessa noite eles assistiram *Amor à flor da pele*, de Wong Kar-Wai. Rapidamente o filme se desmoronou diante dos olhos dele em flashes desconexos: uma mão fina com um anel sobre o espaldar de uma cadeira; um corredor escuro onde um único lustre o deixa ainda mais escuro; um par de sombras na parede; uma refeição sendo levada escada acima em um recipiente que parece uma garrafa térmica; uma mão de homem afastando-se da mão de uma mulher; um cigarro separando-se dos lábios; uma nuvem de fumaça pairando no alto; chuva caindo numa viela. Alex sabia que deveria haver uma ligação entre tudo isso, mas ele perdera o fio.

Maggie Chung o lembrava Eli. Ela não se parecia realmente com ela, mas ele imaginou que se Eli fosse chinesa, teria essa aparência, olharia assim e choraria assim. Por outro lado, tudo o fazia lembrar Eli ou Noam. Ele lembrou-se da atenção absoluta no rosto de lua do menino enquanto ouvia uma história, das engraçadas pontas de cabelo que pareciam um chafariz no alto de sua cabeça, do tuitar da sua voz. Ele pensou que toda manhã poderia deixar na porta deles uma térmica dessas, com divisórias, assim o arroz não tocaria na ervilha, pensou que poderia esconder os dois em seu casaco. "Não deixarei que isso aconteça com minhas crianças." De repente, ele percebeu que não poderia ficar sentado ali, longe de casa, com tal sossego.

Uma voz de choro irrompeu do corredor. Pela cabeça dele passou que, até agora, nenhuma criança aparecera na tela. "Esta é Dária", disse Maayan e parou o filme, Tony Long congelou na tela, apoiada na parede, o rosto contorcido de dor, Guy levantou-se suspirando, trocou seu cálice de conhaque por uma mamadeira que estava sobre o mármore da pia da cozinha e despareceu no corredor.

— Maayan — disse Alex —, já faz meia hora que que eu não sei quem está contra quem.

— Você não deve mesmo saber — ela riu. — Ele não tinha a intenção que entendêssemos alguma coisa. É um filme... vago.

— Eu também, na verdade, estou bem vago — disse Alex, tirando os óculos e os limpando. — Levantei hoje muito cedo, eu substituo uma outra professora às sextas-feiras. Você vai ficar muito brava se eu for embora agora?

— Você me deve uma hora extra da próxima vez — disse ela, e seu sorriso deixou claro que ela não guardava rancor.

— Transmita minhas desculpas ao Guy, está bem?

Ele estava tão ansioso por voltar do centro de Tel Aviv para a periferia de Guivatayim, para a porta ante porta, que disparou escadas abaixo.

Naquela noite, em seu sonho, ele perambulava sob o céu brilhante e denso como uma cortina de metal e, em seus ouvidos, um som fino incessante, um assovio oculto, quase inaudível, mas também insistente, o enlouquecia. Depois de uma longa caminhada exaustiva, com os pés feridos, entendeu que errara. Parou no lugar, fechou os olhos cegados e estendeu a mão para a frente. Esperou parado. O apito cessara. Ao sentir um farfalhar, abriu os olhos. Em sua mão havia um pássaro pequeno, suas penas azuis esverdeadas tremiam, brilhavam como uma joia, seus olhos fixos nos dele. Em volta do pássaro, a atmosfera parecia murmurar maldosamente e a luz cheia de malícia e perigo. Ele o cobriu com a outra mão e o aproximou cuidadosamente de si. O pássaro não pestanejou e nem tirou os olhos dos dele. Quando estava perto de seu rosto, ele de repente abriu asas surpreendentemente imensas o envolvendo, sombreando sua cabeça e assim refrescando seu rosto e seus olhos ardentes, e Alex finalmente pôde adormecer em seu sonho.

Depois de discussões acaloradas e após terem sido rejeitados a Grécia Antiga, o Rock'n'roll, a China ou o Japão, *The Rocky Horror Picture Show*, índios e cowboys, policiais e criminosos, hippies, os Simpsons, homens da caverna e histórias dos irmãos Grimm, foi escolhido com a maioria de votos o tema da fantasia da classe para o Purim[15]: *Garotos e garotas*[16]. Sem discriminação de gênero: garotas poderiam vestir ternos e usar chapéus, e garotos poderiam usar vestidos brilhantes ou saias tutu rosa, se tivessem vontade. Sivan teve um surto de medo só de se imaginar em cada uma das duas versões. Mesmo sozinha em seu quarto, ela não teria coragem. No seu jogo secreto de sinais, essa festividade, com toda sua alegria coerciva e deprimente, transformou-se em um grande sinal negativo destinado a empurrá-la bem ao fundo de seu canto. Ela sentia um cansaço infinito e um desejo, mais urgente do que nunca, de escapar para o mais longe possível. Hesitante, como se conduzisse um experimento, escreveu na caderneta: *Adeus, garotas. Adeus, garotos. Adeus. Eu já não os vejo.*

---

15. Festa judaica celebrada em março e caracterizada, entre outras coisas, pelo uso de fantasias.

16. Filme musical estadunidense de 1955, dirigido por Joseph L. Mankiewicz.

Este Purim foi o primeiro em que Noam escolheu uma fantasia totalmente sozinho, e a indecisão foi longa e sofrida. Em uma das noites, quando as lágrimas já ameaçavam escorrer, Eli disse:

— Então não tem jeito. Temos que usar o truque brilhante de Purim.

— O que é isso? — perguntou Noam, esfregando rapidamente os olhos.

— O quê, você não sabe? Este é o truque brilhante que sempre funciona. É assim que eu sempre encontro uma fantasia para mim.

— Como?

— Olha, presta bem atenção, está bem? — ela disse baixinho, como se compartilhasse um segredo. — Enchemos a banheira com muita espuma. Você deita na água e fecha os olhos, e se imagina levantando na manhã de Purim e vestindo uma fantasia. Aquilo que você ver, será a fantasia. — Os olhos dele se abriram. — Você quer tentar?

— Sim! — gritou e correu para a banheira.

Depois de quatro minutos, Noam descobriu que sua fantasia seria uma estrela brilhante no meio do céu. Eli achou a ideia ótima.

Na manhã da festa, ao vê-lo, Alex, assim como ela, também achou uma boa ideia. Ele demorou-se do lado da Vespa, tratando algumas coisas não urgentes, até ouvir o tagarelar emocionado de Noam nas escadas.

O menino resplandecia em uma camisa, calças de cetim azul e um manto dourado, em suas mãos segurava uma varinha com uma estrela na ponta, e sua cabeça carregava uma coroa simples, um círculo dourado com uma estrela grande na frente. Alguma coisa na coroa incomodou Alex um pouco, parecia uma auréola de santo.

— Como você está brilhando — lhe disse.

Para ele, Eli não brilhava menos, com um vestido preto e um surpreendente batom vermelho, seu cabelo, que ela ultimamente deixara crescer um pouco, pousava delicadamente ao redor de seu rosto. Ela parecia ser outra mulher e ele entendeu o quanto conseguiu acostumar-se com a imagem dela. Ela percebeu o seu olhar e esgueirou-se constrangida, ressentida.

— A chefe nos obrigou a usar fantasias. Digamos que eu me fantasiei de espanhola ou algo parecido.

Ele não conseguiu dizer nada sobre sua beleza, e qualquer outro comentário lhe parecia falso.

Ao entrar no jardim de infância, a alegria de Noam desapareceu. A despedida prolongou-se no fundo de cores vibrantes das fantasias e na alegria das cantigas de Purim que irrompiam altas do interior, e não deu certo. Por um instante, ela teve a insana ideia de levá-lo consigo para o trabalho, e imediatamente surgiram todos os obstáculos e as impossibilidades, o trabalho que além disso estava por um fio, então ela tornou a abraçá-lo e lhe prometeu que o dia seria lindo, que ela iria buscá-lo cedo e eles se divertiriam juntos nesse dia de Purim, que ele pensasse onde gostaria de ir e dissesse quando ela voltasse, "está bem?"

Três alunos do segundo colegial C se ausentaram naquela festa. Roy e Nufar, que ficaram gripados alguns dias antes da festa, e Sivan A. Ele não se surpreendeu muito com ausência dela, mas, ainda assim, quando tentou ligar para ela, a chamada logo caiu na caixa postal. Eden Bakhar, em rosa, dos sapatos de bailarina até a tiara de cabelo, não sabia de nada, ela não falara com Sivan desde o dia anterior. Ele preferiu não ligar para os pais dela.

No caminho de casa, o telefone vibrou em seu bolso. Ele parou a Vespa ao lado da calçada e viu na tela que era Eden e que a sua bateria estava a ponto de acabar. Por um instante ainda pensou que ela ligava para dizer que estava tudo bem, mas ela chorava descontroladamente aos berros.

— Eden, fale devagar, não dá para entender nenhuma palavra.

Ele pressionava o aparelho contra o ouvido até doer.

—Eden, por favor, se acalme e fale com clareza, a minha bateria vai acabar em um minuto.

Ele fechou os olhos e escutou com toda a força. O choro dela em um ouvido, os ruídos da rua no outro.

— O que ela tomou?

Ele não entendia nada, mas seu corpo começou a entender, uma onda violenta de fraqueza espalhou-se por suas pernas, se não estivesse montado na Vespa, talvez teria caído.

— Ela não quis te dizer onde ela está?

Após ter desligado, permaneceu um instante sem enxergar nada, depois procurou o número e digitou apressadamente. Desta vez ouvia-se o toque de chamada, ainda sem resposta. Ele olhou ao redor. Um dia de sol no inverno, a rua repleta de princesas, tigres, rainhas da noite e palhaços. “É assim que é o desastre” — passou pela cabeça dele.

Ele digitou uma mensagem: “Sivan por favor me diz onde você está eu posso ajudar”. Aguardou, os olhos fincados no aparelho. A linha verde da bateria encolheu ainda mais, tênue como a linha da vida. Escreveu novamente: “só me diz onde você está Sivan por favor você me é cara a bateria está acabando eu juro que tudo vai ficar bem só me diz onde”.

As canções da festividade não paravam, espalhavam-se do prédio do jardim de infância para o pátio, saltitantes e barulhentas, as mesmas canções repetidamente, como um carrossel do qual não se pode descer. Sua cabeça estava confusa e sua barriga doía um pouco por causa de todos os doces. Ele queria comer alguma coisa normal, que comia diariamente. Ele queria ir para casa. Liry foi brincar com Nóia e Shaked, que também estavam fantasiadas de princesas, e não o chamou para se juntar a elas. Elas pareciam três flores grandes, vermelha rosa branca. Ele estava parado ao lado dos arbustos, sem saber agora para onde ir. Pelo canto do olho percebeu um movimento ainda indefinido, mas de qualquer forma, mau presságio. Um cowboy e um super-homem aproximavam-se dele. Adam e Nimrod. Eles chegaram lentamente, via-se que não havia motivo para pressa, pararam diante dele e se calaram por alguns instantes, como se ainda não tivessem decidido. Finalmente Nimrod perguntou para Adam, e não para ele:

— Ele está fantasiado de quê?

Adam o examinou e disse:

—De mágico.

—Não é isso — disse Noam com cautela.

Eles o olharam inexpressivamente e Nimrod perguntou:

—Então de quê?

Era um bom sinal, ele o ouviu e não ficou irritado com ele.

—De estrela.

—Ele não se parece nem um pouco com uma estrela — disse Adam. — Ele parece um mágico.

— Verdade — disse Nimrod. Sua vantagem momentânea esvaiu-se. O medo e a ofensa se debatiam dentro dele.

—Eu não me fantasiei de mágico — teimou —, me fantasiei de estrela no céu.

Sua dor de barriga aumentou. Ele ajeitou a coroa na cabeça e aguardou, mas o castigo tardava. Para surpresa dele, Nimrod disse:

— Quer vir com a gente no escorregador?

Sem perceber, ele deu um passo para trás, e os dois voltaram a se aproximar dele.

— O quê, você é um covarde? — perguntou Nimrod.

— Se você é uma estrela no céu, precisa estar em cima, não embaixo — explicou Adam.

Ele não sabia o que responder.

Smadar Kerem-Adler passou ao próximo assunto da pauta quando o telefone na mão de Eli Dayan vibrou. Ela deu uma olhada e disse: "Desculpe, é do jardim", e atendeu. Ela escutou um instante, disse: "O quê?" e todas as cabeças se voltaram para ela. Ela desligou e se levantou, e Gal perguntou: "O que aconteceu?". Eli virou-se e saiu sem dizer uma palavra, depois de alguns segundos elas escutaram a porta da entrada bater.

O segurança no vestíbulo do prédio viu a garota do escritório do terceiro andar irromper do elevador e passar por ele correndo a caminho da rua sem dizer, como sempre, "até logo" e sem nem mesmo olhar para ele. Ele a seguiu com o olhar por um instante, balançou a cabeça e voltou-se para o jornal gratuito aberto sobre o balcão. Depois de alguns minutos, o elevador novamente se abriu e de dentro surgiu a diretora do mesmo escritório, correndo tão rápido quanto os sapatos altos e o vestido longo lilás lhe permitiam, e saiu. Ele olhou no entorno. — "o que é isso? É Purim, então todos enlouquecem", mas não havia ninguém no vestíbulo para compartilhar a queixa com ele. Ele pensou que talvez devesse subir e verificar o que estava acontecendo lá no terceiro andar.

No táxi, Eli tentou ligar para Ravit, mas caiu na caixa postal. Ela não conseguiu gravar uma mensagem para sua irmã. Segurou com força o telefone e sentiu o sangue pulsar em seus dedos. "Vá rápido", implorou, e o motorista acelerou um pouco endurecendo o rosto, sem olhar pelo espelho retrovisor. Ele não queria escutar por que ela estava se dirigindo ao Hospital Ikhilov. Ela pensou em Tamara, ela certamente ainda estaria dormindo. "Se por acaso ela atender, na sua confusão, é capaz de nem lembrar quem sou eu e quem é Noam." Pensou também no pai, em seus olhos enfraquecidos, e sabia que não ligaria para ele. Não agora, quando o pânico estava sufocando sua garganta. Um momento estranho, no auge do pesadelo, saber que o apoio único, a pessoa mais próxima e fiel, a única sobre a qual ela poderia despejar um fardo tão pesado, era o professor desajeitado, taciturno, do apartamento da frente.

O mero fato de sua existência, saber que ele imediatamente se poria ao seu lado, sem questionar, era tanto um consolo quanto uma dor. A necessidade de abrir mão de uma parte de si para depositar nas mãos de outro. Ela foi tomada pela necessidade de esconder seu rosto no peito dele e não ver ou escutar nada até que o pavor passasse. Tinha que passar, não havia outra possibilidade. Ela ligou para ele e tornou a ligar, e ele não atendeu, faltava-lhe ar no espaço do táxi. Para sua surpresa, ela lembrou-se da mãe dele, que havia encontrado apenas uma vez. Por que, de repente, estaria pensando nela agora? O jeito com que ela se inclinara para Noam e sussurrara com admiração "quatro", e o orgulho inocente que cobrira o rosto dele. O que ela diria se ficasse sabendo? Ela escreveu uma mensagem para Alex: "Estou a caminho do Ikhilov fale comigo". Focou seu olhar na tela e rezou, exigiu, "responda logo", e o silêncio dele a encheu de desespero e raiva, como se ele tivesse quebrado sua promessa, traindo-a e abandonando-a sozinha em seu desastre. Como se, caso ele não atendesse, não houvesse mais nenhuma esperança.

Ele andava exausto pelo corredor da ala infantil, arrastando os pés, como quem tivesse corrido muitos quilômetros. Por um instante, pareceu-lhe ver Eli diante dele, e então ficou imóvel. Era ela mesma, com aquele mesmo vestido preto lindo da manhã, estranha ali no hospital, passou na frente dele e não o viu.

— Eli — ele a chamou —, o que você está fazendo aqui?

Ela parou subitamente e então lançou-lhe um olhar flamejante:

— Faz duas horas que estou te ligando — protestou quase gritando.

— Minha bateria descarregou, porque...

—Então o que você está fazendo aqui? — perguntou surpresa.

— Quase perdi uma garota.

Seus olhos se abriram.

— O quê?

— Ela engoliu muitos comprimidos e se escondeu em um abrigo. No último instante, concordou em me dizer onde estava, aí chamei uma ambulância. Fizeram uma lavagem estomacal... mas Eli — ele foi tomado pelo pânico pela segunda vez naquele dia —, por que você está aqui?

Ela o observou um instante antes de responder, com a voz entrecortada, obrigando-o a se inclinar na direção dela para escutar.

— Noam caiu do escorregador. Ele perdeu a consciência. Trouxeram-no do jardim para cá. Com soro e respiração artificial.

Novamente seu corpo entendeu antes dele e suas pernas fraquejaram, ele caiu na poltrona infantil azul que estava perto deles. Eli sentou-se devagar ao seu lado. Peixes laranja nadavam em um grande aquário ao lado deles, na frente havia quatro cadeiras pequenas vermelho-amarelas, e um homem de roupa de palhaço estava sentado em uma cadeira e meia daquelas, falando nervosamente ao telefone e acenando com a mão livre. Tudo perdeu o sentido, nada no mundo combinava com nada.

— Caiu do escorregador?

— A professora disse. Depois duas mães me ligaram. Disseram que o empurraram.

— O quê? — ele sufocou. — E qual é o estado dele?

— Concussão cerebral e lesões nas costas, ainda não sabem o quão grave, ainda não sabem se é só isso. Só disseram que a coroa, aquela faixa de papelão, de alguma forma protegeu a cabeça dele, sem isso provavelmente... — ela se calou por um instante. — Já faz uma hora que ele está sendo examinado por um neurocirurgião. Eu estou aguardando.

Ambos ficaram em silêncio.

— Como está a garota? — perguntou Eli.

— Ela está bem agora, saiu do perigo. Ela deixou que eu a pegasse no último minuto. Ela...

Como ele estava chorando, ela não entendeu o que ele dissera.

— O quê?

— Eu não posso salvar todas as crianças do mundo — sussurrou.

Assim sucedeu que o primeiro abraço foi o oposto daquele que ambos imaginaram que seria. Ele se amparou nela, na verdade, desabou, e foi ela quem o acolheu e tentou consolá-lo.

As sensações voltaram de cima abaixo, uma névoa na cabeça, um gosto horrível na boca, uma dor como um arranhão profundo na garganta, ondas de náusea, a mão dela segurando outra mão. Ela sabia de quem era aquela mão. Seu corpo tremia de frio debaixo do lençol e suas pálpebras pesavam muito. Ela continuou a respirar devagar e cautelosamente, porque a náusea ameaçava inundá-la, e ainda não tentara abrir os olhos. Entre todas as dores, para sua surpresa, surgiu sorrateiramente um estranho alívio. Ela varreu de cima dela a coisa ruim, ousou tocar no fundo que agora se afastava sob seus pés, e era possível subir novamente e talvez, enfim, descansar. Com um grande esforço, ela abriu os olhos. Sua mãe parecia estranha, como se ela também tivesse ido ao local do perigo e voltado de lá diferente, com cordões pretos, que ungiram no seu rosto lágrimas e maquiagem, como uma máscara de luto, e o vestido extravagante, totalmente estranho naquele quarto. Ela se lembrou — parecia ter passado tanto tempo — que ainda era Purim.

— Mãe — sua língua estava pesada e sua boca tão seca. — Sinto muito.

— Ssssh — sussurrou Smadar Kerem-Adler, e seus olhos novamente se encheram de lágrimas —, está tudo bem, Sivani, descanse, meu amor.

Ela se infiltrou no prédio e escalou as escadas rapidamente, ouvidos atentos, pronta para saltar para trás e fugir caso uma porta se abrisse e alguém saísse. Ela chegou à sua porta e bateu nela com a pata. Aguardou. Nada. Bateu novamente e uivou, faminta, confusa e irritada. Seu rabo enrolava de um lado e de outro, como um ponto de interrogação e seu reflexo. A porta permaneceu fechada. O grandalhão voltaria no dia seguinte, mas ela não tinha como saber disso. Inclinou a cabeça e deu um longo uivo de lamento.

Um calorzinho nos olhos, um sol suave acariciando suas faces, pés flutuando, o corpo, entretanto, fortemente seguro, uma mão apoia sua cabeça, um braço lhe diz: você não vai cair, não vai cair, um abraço dentro de um abraço.

Ele abriu os olhos e piscou, deslumbrado. Havia um enigma. Ele flutuava no ar, mais alto do que nunca, mas sua mãe caminhava ao seu lado sem segurá-lo, apenas sorrindo para ele com os olhos brilhando. Ele ergueu a cabeça e sentiu sua testa arranhada levemente pela barba enquanto observou o rosto tão próximo do dele. Alex não o olhou, apenas o apertou mais um pouco e continuou andando, e Noam baixou os olhos e viu a mão da mãe apoiada no braço de Alex que o segurava.

Este momento iluminado, com toda sua novidade e estranheza, seria lembrado por ele como um cruzamento estelar — a luz do meio-dia invernal inundando de cima, seu novo lugar no mundo e os sons da rua que retornaram de repente de algum esquecimento, o olhar altivo entre ele e sua mãe, o corpo grande, forte, segurando-o com uma naturalidade que lhe prometia, de agora em diante, que estenderia sua proteção sobre ele — o peso da balança fora afastado de uma maneira benevolente que ele ainda não sabia explicar para si.

Atrás deles curvou-se um arco de metal prateado sobre a entrada do hospital e à frente, do outro lado da avenida movimentada, ficavam prédios um ao lado do outro, brancos e quadrados, sobre colunas finas, todos com as varandas fechadas por venezianas de plástico, cercas de arbustos podadas em linha reta e um par de árvores velhas na fachada, uma barreira vermelha e branca separando aqueles que tinham apartamentos e estacionamentos daqueles que não tinham. Acima deles, no canto do seu olho, erguia-se uma torre alta sem fim, pontilhada por fileiras de janelas pretas — se alguém olhasse por uma delas nem o enxergaria mesmo —, e ao redor dele a cidade fluía com sua fusão de ruídos e pressa, sua excitação indiferente a todo o infortúnio que ela podia causar sem nenhuma razão, se apenas quisesse, e ao seu grande movimento composto de inúmeros pequenos gestos: um motorista que ultrapassa um semáforo e outro que freia no último instante; um rastro de insultos deixados atrás do ciclista que pedala entre os carros; alguém que concorda em dar um cigarro a um mendigo na calçada; uma que mulher para de repente, remexe alarmada dentro da bolsa, encontra e se acalma; tudo passava por Noam agora, enquanto ele observava maravilhado o reflexo cintilante das luzes nos óculos de Alex, depois tornou a apoiar sua face no ombro dele, encontrando o lugar certo para sua cabeça e, nesse leve e delicado vaivém, voltou a adormecer.

Impressão: Midiograf
Tiragem: 1.000 exemplares
Tipografia: Minion Pro, Din 2014 e Din 2014 Rounded e Brother 1816
Papel: Pólen Soft bold 90 g/m²